¿POR QUÉ LOS MARINEROS NO SABEN NADAR?

Y OTRAS CURIOSIDADES MARÍTIMAS

POR QUÉ LOS MARINEROS NO SABEN NADAR?

Y OTRAS CURIOSIDADES MARÍTIMAS

NIC COMPTON

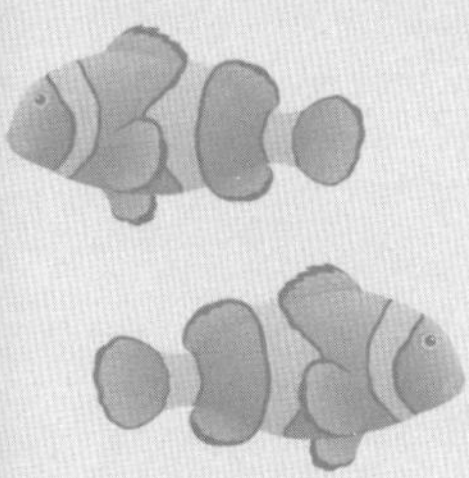

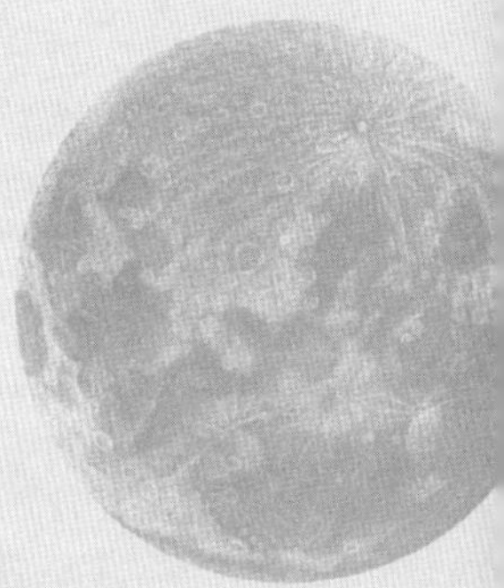

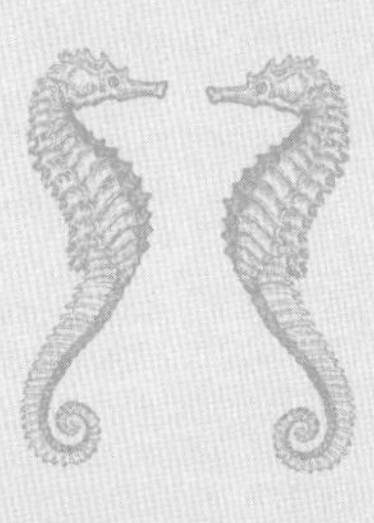

Editorial EJ Juventud
Provença, 101 - 08029 Barcelona

Título original: WHY SAILORS CAN'T SWIM

Con el acuerdo de Adlard Coles Nautical, un sello de Bloomsbury
Publishing Plc., Londres (Gran Bretaña)

Provença, 101 - 08029 Barcelona
info@editorialjuventud.es
www.editorialjuventud.es

Traducción de ALISTAIR TREMP

Primera edición, 2017

ISBN 978-84-261-4405-8

DL B 21839-2016
Núm. de edición de E. J.: 13.360

Impreso en España - *Printed in Spain*
Unigraf S.L.

NOTA: Aunque en la publicación de este libro
se ha tenido el máximo cuidado, los Editores no se
responsabilizan del uso que pueda hacerse de
los métodos u objetos descritos en él.

Índice temático

Prefacio

¿Qué es lo que recuerda la gente de Nelson? ¿Le recuerdan por haber dado una paliza a los franceses en la batalla del Nilo? ¿Por masacrar a los daneses en la batalla de Copenhague? ¿Por haber dado caza a las flotas francesa y española a través del Atlántico? ¿O recuerdan más bien que falleció en la batalla de Trafalgar y posiblemente le pidió a su segundo de a bordo que le besara antes de morir (aunque quizá no lo hizo)?

¿Y qué hay de las regatas oceánicas? ¿Alguien está familiarizado o le importan las últimas disputas legales en la America's Cup? ¿O saben que Conny van Rietschoten es el único navegante que ganó dos veces la Volvo Ocean Race? ¿O les interesa más la epopeya de Tony Bullimore, que quedó a la deriva en un velero invertido en el océano Austral, o una jovencita Ellen MacArthur (derecha) y sus llantos desconsolados al tener que subirse una vez más al mástil, durante la última etapa de su legendaria circunnavegación del globo?

La verdad es que nos gustan las historias sobre personas. Disfrutamos de las anécdotas y los relatos curiosos, precisamente la clase de historias que contiene este libro. No ofrece extensas crónicas sobre las grandes regatas ni análisis detallados de obra viva o ángulos de escora. Contiene relatos, anécdotas de infortunios marítimos de toda la vida y una buena colección de historias que no se cuentan a menudo.

¡Espero que disfruten tanto al leerlo como yo al escribirlo!

Navegantes y supersticiones

LA GRAN REGATA

La llamaron la regata del siglo: una carrera para ver quién sería la primera persona en circunnavegar el globo solo y sin escalas. Varios navegantes se preparaban ya cuando el *Sunday Times* anunció el desafío Golden Globe: un trofeo para el primero que completara la circunnavegación y 5000 libras para el más veloz. El único requisito: zarpar y terminar en un puerto británico entre el 1 de junio y el 31 de octubre de 1968. Hubo nueve regatistas (seis británicos, dos franceses y un italiano), aunque cuatro de ellos se retiraron antes de dejar el Atlántico. De los restantes, Chay Blyth se retiró tras doblar el cabo de Buena Esperanza, Donald Crowhurst se suicidó tras simular el trayecto de su velero, Nigel Tetley naufragó mientras iba en cabeza y Bernard Moitessier decidió abandonar. Solo uno de los regatistas completó el trayecto: el oficial de la marina mercante británica Robin Knox-Johnston, que circunnavegó el globo en 313 días. Casi 40 años más tarde, Sir Robin emprendió de nuevo el viaje. A los 68 años terminó cuarto en la edición 2006-2007 de la regata oceánica Velux 5, tras completarla en 159 días. Como él dijo, «no podrán batir mi récord».

> **El mar nunca ha sido amigable con el hombre. Como mucho ha sido cómplice de la inquietud humana.**
>
> **Joseph Conrad, autor anglopolaco (1857-1924)**

¿POR QUÉ LLEVAN PENDIENTE LOS MARINOS?

Tradicionalmente, los marinos que habían doblado el cabo de Hornos llevaban un arete de oro en la oreja izquierda, la más próxima al cabo en una travesía hacia el este, como símbolo de su gesta. También dicen que llevaban pendientes para pagar su funeral, si caían por la borda y sus cuerpos acababan en la costa. En la antigüedad, los pendientes de oro servían para pagar al barquero que cruzaba la laguna Estigia hacia el inframundo. También se creía que los pendientes de oro tenían poderes curativos y ayudaban a mejorar la vista. Quizá suene descabellado, pero resulta que hay un punto de acupuntura en la oreja relacionado con la vista. Otro motivo probable para llevar pendientes es la moda. Los marinos sencillamente opinaban que les favorecían.

ENVIADO A LAS PROFUNDIDADES

Era habitual, y aún lo es, sepultar en alta mar a los marinos fallecidos durante una travesía. No tenía sentido transportar de regreso a las víctimas de una batalla marítima o los fallecidos durante una travesía en mares remotos, con todos los riesgos sanitarios que conllevaría. Reforzaba esa creencia una vieja superstición, según la cual llevar un cadáver a bordo ralentizaba el paso de cualquier barco. Lo habitual era coser el cuerpo en una lona con suficiente lastre, por ejemplo balas de cañón, y lanzarlo a las profundidades tras una breve ceremonia fúnebre. La tradición marcaba que la última puntada de la lona debía pasar por la nariz del difunto, para asegurarse de que no estuviera dormido o inconsciente.

SEPELIOS MARÍTIMOS MODERNOS

LOS SEPELIOS EN ALTA MAR cada vez son más populares, y la armada de EEUU recibe unas 500 solicitudes al año para veteranos marinos. Según la agencia de protección ambiental en EEUU, los cuerpos deben ser enterrados a un mínimo de 3 millas (5 km) de la costa y a 600 pies (180 metros) de profundidad. Si se emplea un ataúd, debe contener 4 libras (2 kg) de lastre por cada libra (0,5 kg) del cadáver, y debe estar perforado con seis agujeros de 3 pulgadas (8 cm) para evitar que quede aire atrapado. En el Reino Unido, los ataúdes deben ser de madera de conífera y no deben contener plástico, cobre, zinc o plomo, y exigen que esté perforado con 40-50 orificios. Otra opción: comprar una mortaja modelo Atlantic Sea Burial, de New England Burials at Sea, por 1750 dólares más gastos de envío.

Personajes célebres sepultados en alta mar

El navegante y explorador Sir Francis Drake, en un ataúd de plomo frente a las costas de Panamá, 1596; el magnate estadounidense de la prensa EW Scripps, desde su propio yate frente a las costas de Liberia, 1926; Dennis Wilson, batería de los Beach Boys, cerca de California en 1984; el actor John Carradine, cerca de California en 1988; el líder de Al Qaeda Osama bin Laden, lanzado al mar desde el navío USS *Carl Vinson* en el mar Arábigo 2011 (cuestionado por algunas fuentes). De los 328 cadáveres que se recuperaron tras el naufragio del *Titanic,* 119 no se pudieron identificar y fueron sepultados en el mar.

Personajes célebres cuyas cenizas fueron lanzadas al mar

HG Wells, Steve McQueen, Janis Joplin, Rock Hudson, Gene Kelly, John F Kennedy Jr.

AGÁRRATE FUERTE

Se cree que los primeros en tatuarse fueron las tribus indígenas del Pacífico. Es probable que el Capitán Cook y sus tripulantes fueran los primeros occidentales en verlos y en acuñar el término inglés *tattoo*, del polinesio *tattow*. Adquirieron una enorme popularidad entre los marinos del siglo XVIII y a ciertas imágenes se les atribuía un especial simbolismo. Por ejemplo:

UN ANCLA: la travesía del Atlántico (o haber servido en la marina mercante).
UN GRAN VELERO CON TODO EL VELAMEN IZADO: haber doblado el cabo de Hornos.
UNA TORTUGA / NEPTUNO: haber cruzado el ecuador.
UN DRAGÓN: por haber servido en aguas asiáticas.
PALMERAS: haber servido en el Mediterráneo (la armada británica) o en Hawái (la estadounidense).
UNA CHICA HULA: haber servido en Hawái (armada estadounidense).
UN ARPÓN: trabajar en un barco pesquero.
UN GORRIÓN: por cada 5.000 millas navegadas, para ayudar a encontrar el camino a casa.
UNA ESTRELLA O ROSA DE COMPÁS: para ayudar a encontrar el camino a casa.
LAS PALABRAS 'AGÁRRATE FUERTE' UNA PALABRA EN LOS NUDILLOS DE CADA MANO: para evitar caerse por la borda o evitar soltar un cabo o amarra.
UN CERDO Y UN GALLO: para protegerse de la muerte por ahogamiento. La lógica es que los cerdos y las gallinas se estibaban en cajas de madera, que flotaban si el barco se iba a pique y les ayudaba a sobrevivir un naufragio.

JERRY EL MARINO SIGUE VIGENTE

Quizá no haya oído hablar de Sailor Jerry, pero es muy probable que haya visto algún tatuaje basado en uno de sus diseños. Sailor Jerry (Norman Collins) es un legendario artista de los tatuajes, el padre del tatuaje moderno. Collins era un trotamundos de la costa oeste de EEUU, que aprendió el arte de tatuar en Chicago a finales de los años 20 y adquirió práctica tatuando a otros nómadas como él. Se enroló en la armada de EEUU a los 19 años y acabó en Hawái, donde instaló un emporio del tatuaje en los barrios bajos de Honolulu. Su estilo combinaba los trazos enérgicos del tatuaje norteamericano con la paleta de colores más sutil del asiático, para crear diseños distintivos que acabaron copiando en el mundo entero. Innovador y perfeccionista, desarrolló su propia gama de pigmentos seguros e insistía en mantener altos estándares de higiene. Tras su muerte en 1973, su negocio se convirtió en la marca Sailor Jerry de ropa y artículos de regalo con sus diseños, incluida una colección de zapatillas deportivas Converse. Más adelante, la compañía lanzó el ron Sailor Jerry, con una chica *hula* en la etiqueta, uno de los rones más vendidos del mundo.

Plusmarcas absolutas de navegación a vela

Primera vuelta al mundo en solitario, con escalas:
Joshua Slocum, *Spray,* 1898, 3 años, 2 meses y tres días.

Primera vuelta al mundo en solitario, sin escalas:
Robin Knox-Johnston (abajo), *Suhaili,* 1968, 313 días

Primera mujer en dar la vuelta al mundo en solitario, sin escalas:
Kay Cottee, *First Lady,* 1988, 189 días

Primera vuelta al mundo en solitario, sin escalas, hacia el oeste:
Chay Blyth, *British Steel,* 1971, 292 días

Primera mujer en dar la vuelta al mundo en solitario, sin escalas, hacia el oeste:
Dee Caffari, *Aviva,* 2006, 178 días, 3 horas y 5 minutos

Primer español en dar la vuelta al mundo en solitario:
José Luis de Ugarte

Navegante español con más vueltas al mundo:
Guillermo Altadill, siete vueltas

Plusmarcas actuales de navegación a vela

Vuelta al mundo sin escalas, con tripulación:
Francis Joyon, *IDEC Sport,* 2017, 40 días, 23 horas y 30 minutos.

Vuelta al mundo sin escalas y en solitario:
Thomas Coville, *Sodebo Ultim,* 2016, 49 días, 3 horas y 7 minutos.

Vuelta al mundo sin escalas y en solitario, hacia el oeste:
JL Van Den Heede, *Adrien,* 2004, 122 días, 14 horas y 3 minutos

Travesía del Atlántico con tripulación, oeste a este:
Pascal Bidegorry, *Banque Populaire,* 2009, 3 días, 15 horas y 25 minutos

Travesía del Atlántico en solitario, oeste a este:
Francis Joyon, *IDEC,* 2013, 5 días, 2 horas y 56 minutos

Fuente: World Sailing Speed Record Council, www.sailspeedrecords.com

CONVENCIÓN DE LA ONU SOBRE EL DERECHO DEL MAR, 1982

Artículo 98. Deber de prestar auxilio

«1. Todo Estado exigirá al capitán de un buque que enarbole su pabellón que, siempre que pueda hacerlo sin grave peligro para el buque, su tripulación o sus pasajeros:

a) Preste auxilio a toda persona que se encuentre en peligro de desaparecer en el mar;

b) Se dirija a toda la velocidad posible a prestar auxilio a las personas que estén en peligro, en cuanto sepa que necesitan socorro y siempre que tenga una posibilidad razonable de hacerlo;

c) Caso de abordaje, preste auxilio al otro buque, a su tripulación y a sus pasajeros y, cuando sea posible, comunique al otro buque el nombre del suyo, su puerto de registro y el puerto más próximo en que hará escala.

2. Todo Estado ribereño fomentará la creación, el funcionamiento y el mantenimiento de un servicio de búsqueda y salvamento adecuado y eficaz para garantizar la seguridad marítima y aérea y, cuando las circunstancias lo exijan, cooperará para ello con los Estados vecinos mediante acuerdos mutuos regionales».

¡Y UNA BOTELLA DE RON!

No es un secreto que los marinos son aficionados a tomarse un trago, especialmente si llevan a cabo una larga travesía a los confines de la tierra. Para compensarles por las dificultades, en el siglo XVI la marina británica otorgaba una ración diaria de un galón de cerveza por tripulante. Sin embargo, con la expansión del Imperio británico las travesías eran cada vez más largas, la cerveza solía echarse a perder y el mal humor se apoderaba de las tripulaciones. Gracias a la colonización de Jamaica en 1655, la marina obtuvo un suministro estable de ron, que reemplazó a la cerveza: media pinta de ron sustituyó el galón de cerveza diario. Es fácil imaginar el resultado de este cambio: las borracheras y la insubordinación se convirtieron en problemas endémicos. El 21 de agosto de 1740, el vicealmirante Edward Vernon, conocido con el apodo «viejo grog» por su costumbre de llevar chaqueta de un tejido a base de seda llamada *grogram,* ordenó diluir el ron con agua. La mezcla de lo que se bautizó como «grog» era un litro de agua y un cuarto de litro de ron, en una proporción de 4:1. Por asombroso que parezca, la costumbre de repartir una ración diaria de ron a los marinos continuó hasta 1970, cuando pudo más la preocupación respecto a la seguridad de los hombres manejando maquinaria bajo los efectos del alcohol. ¡Malditas normas de seguridad!

PASA EL BALDE, ¡A SOTAVENTO!

Un marino mareado parece contradictorio. ¿Quién querría embarcarse de nuevo tras sufrir los horrores del mareo? Sin embargo, un navegante tan ilustre como el mismísimo Lord Nelson se mareó en numerosas ocasiones a lo largo de su carrera y la mayoría de los marinos reconocerán haberse mareado en alguna ocasión. Se cree que la causa es una discrepancia entre las señales que recibe el cerebro: los ojos envían el mensaje de que todo está estable, porque el entorno inmediato no se mueve, mientras que el oído interno indica que el cuerpo se mueve en todas direcciones. El resultado es un proceso de confusión, náusea y el inevitable vómito.

ALGUNOS REMEDIOS NATURALES PARA CONTROLAR EL MAREO INCLUYEN: permanecer en cubierta, mantener la vista en el horizonte, comer jengibre, beber refresco de cola, no hablar, llevar el timón y mantenerse descansado, caliente y bien alimentado en todo momento.

¿A QUIÉN XXXX LE IMPORTA JON SANDERS?

Francis Chichester, Chay Blyth, Robin Knox-Johnston, Ellen MacArthur... Si lee el periódico y tiene más de 12 años, es probable que haya oído hablar de estos navegantes. Pero Jon Sanders es un gran desconocido incluso entre los más aficionados a la navegación. Sin embargo, sus hazañas superan a las de navegantes más célebres por un factor de 3:1. He aquí por qué: de 1975 a 1977, Sanders navegó en su balandro de 34 pies *Pierre Banou* alrededor del mundo y se convirtió en el primer velero australiano en circunnavegar el globo. Pero no se conformó con eso y de 1981 a 1982 dio la vuelta al mundo dos veces en el mismo velero, en solitario y sin escalas, recorriendo un total de 42.000 millas, o un 50 por ciento más que Knox-Johnston y Blyth en sus respectivos viajes. Pero Sanders se había aprovisionado en Tasmania y Plymouth, y según las normas del Consejo Mundial de Récords de Navegación a Vela eso constituye una ayuda externa e invalida cualquier intento de récord. Sanders no se desanimó: adquirió un velero más grande, el balandro de 46 pies *Parry Endeavour,* y de 1986 a 1988 circunnavegó el globo tres veces, las dos primeras de este a oeste y la última en sentido contrario. Cuando le preguntaron por el motivo de este cambio, explicó que había sido para «romper la monotonía». Cuando arribó de regreso a Fremantle, había pasado 657 días en el mar y había completado un recorrido de 71.000 millas, en solitario, sin escalas y sin asistencia alguna. Sin embargo, es probable que jamás haya oído su nombre. ¿Qué tiene que hacer un navegante australiano para que le presten un poco de atención?

Plusmarcas olímpicas

La categoría de vela olímpica se creó para las primeras olimpiadas modernas, celebradas en Atenas en 1896, pero el mal tiempo obligó a cancelar la prueba. La primera regata olímpica se celebró en París en 1900, donde Francia dominó la prueba y ganó las tres medallas.

La mayor prueba olímpica de vela tuvo lugar en los juegos de Atlanta, en 1996, en los que participaron 436 regatistas de un total de 77 países. Hong Kong, Japón, Polonia y Ucrania ganaron medallas de vela olímpica por primera vez.

El regatista que más éxitos ha obtenido es Ben Ainslie, que consiguió su cuarta medalla de oro en los juegos de Londres, en 2012. En 1996 consiguió una medalla de plata, que le permitió superar a Paul Elvstrom, ganador de cuatro medallas de oro de 1948 a 1960.

Inicialmente, los organizadores permitían que participaran tanto hombres como mujeres en las pruebas de vela. En los juegos de 1988 en Seúl se crearon pruebas específicas para mujeres, que ganaron las estadounidenses Allison Jolley y Lisa Jewel.

Los estadounidenses Bill y Carl Buchan se convirtieron en el primer padre e hijo en ganar medallas de oro en la misma prueba olímpica, cuando Bill ganó la clase Star y Carl ganó en Flying Dutchman, durante los juegos de 1984 en Los Ángeles.

De las 46 clases que han participado en regatas olímpicas, la más longeva ha sido la clase Star, que debutó en los juegos de 1932 y participó por 39ª y última vez en los juegos de Londres, en 2012.

NUNCA EN VIERNES

Los marinos son notoriamente supersticiosos, e incluso en esta época de GPS y navegación por satélite, algunos en el mundo anglosajón se niegan a embarcarse en viernes, ya no digamos un viernes 13. Se cree que esta aversión tiene su origen en la mitología cristiana. *Friday*, viernes en inglés, viene de Frigg, la diosa nórdica del amor y la fertilidad, declarada bruja por los antiguos cristianos. Desde entonces, el viernes pasó a considerarse un día de mal agüero y la superstición se perpetuó. Incluso hay un relato apócrifo sobre un barco encargado por la marina británica en el siglo XIX con el nombre de HMS *Friday*, a fin de refutar esta creencia que impedía a toda su flota zarpar en viernes. Se colocó la quilla un viernes, la botadura tuvo lugar un viernes y nombraron capitán a un tal James Friday. Zarpó un viernes para su viaje inaugural y desapareció sin dejar rastro. Por supuesto, no hay prueba alguna de este relato.

AZÚCAR A CAMBIO DE SÍFILIS

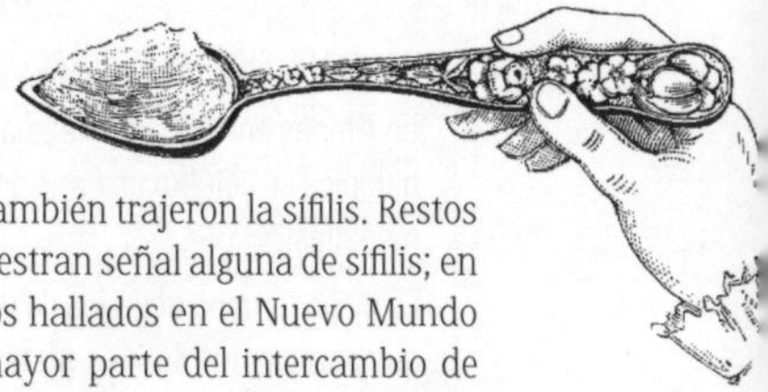

Cuando Cristóbal Colón y su tripulación regresaron del Nuevo Mundo, traían nuevos y deliciosos manjares: patatas, tomates, maíz, cacao, piñas y calabacines, por nombrar solo algunos. Estudios recientes sugieren que también trajeron la sífilis. Restos humanos europeos anteriores al regreso de Colón no muestran señal alguna de sífilis; en cambio hay pruebas de la enfermedad en algunos restos hallados en el Nuevo Mundo de hasta 7.000 años de antigüedad. Sin embargo, la mayor parte del intercambio de enfermedades tuvo lugar en sentido contrario, obsequiando a las Américas con las delicias de la viruela, el sarampión, el cólera, la fiebre tifoidea, la fiebre amarilla y la lepra, entre otras.

MÁS ANTIGUO QUE LAS (NEO)OLIMPIADAS

La Copa América de vela debe su nombre a un velero, no a un país. En 1851 la goleta *America* llegó del Nuevo Mundo y derrotó a todos los contendientes en una regata alrededor de la isla de Wight. El premio fue una copa dotada de 100 guineas, concedida por el club Royal Yacht Squadron. A partir de entonces fue nombrada Copa América en honor a su primer ganador. El club de yates de Nueva York logró retener la copa durante 132 años, hasta 1983, y la Copa América se convirtió en la prueba deportiva más longeva de la historia, superando a los Juegos Olímpicos modernos por casi 50 años. Gran Bretaña ha disputado 19 regatas, sin éxito. El célebre «regatista tendero» Sir Thomas Lipton disputó la copa en seis ocasiones, y aunque nunca ganó, obtuvo grandes beneficios económicos de su relación con la prueba. Finalmente, en 1983 un aspirante australiano logró arrebatarle la copa al club de yates de Nueva York, y desde entonces ha habido tantos ganadores de EEUU como de otros países.

PALMARÉS DE LA COPA AMÉRICA, 1851-2013:
EEUU, 29; Nueva Zelanda, 2; Suiza, 2; Australia, 1; Reino Unido, 0; Italia, 0; Canadá, 0.

«Hunky-dory»

Dependiendo de qué versión quieran creer, esta expresión inglesa que significa «todo de maravilla» viene de una calle en el puerto japonés de Yokohama o del neerlandés *«honk»*, que significa el objetivo deseable de un juego. Es cierto que hay una calle en Yokohama llamada Honcho Dori, que conduce hacia el puerto y que posiblemente fue el corazón del barrio de prostíbulos frecuentados por los marinos.

«BÉSAME, HARDY» (PERO EN LA BOCA NO)

SIEMPRE HA SIDO UNA ANÉCDOTA INCÓMODA para la marina británica que las últimas palabras de su navegante más ilustre fueran para pedir a otro oficial que le besara. ¿Acaso el almirante Nelson era homosexual? Según tres testigos presenciales, justo antes de fallecer durante la batalla de Trafalgar en 1805, Nelson pronunció las palabras «cuida de mi querida lady Hamilton, Hardy, cuida de la pobre lady Hamilton». (Lady Hamilton era su amante.) A continuación se detuvo y susurró «Bésame, Hardy». El oficial le besó en la frente, Nelson dijo «Ahora estoy satisfecho. Gracias a Dios he cumplido mi deber», y falleció. Nadie cuestionó esta versión de los hechos hasta la época victoriana, cuando se sugirió que en vez de «bésame» *(kiss me)*, en realidad Nelson había dicho «*kismet*», que significa «el destino». De hecho, lo más probable es que los ingleses de la época georgiana no fueran tan recatados como sus descendientes victorianos y los besos entre hombres no estuvieran tan mal vistos.

ESTAMOS NAVEGANDO

Antaño, Humphrey Bogart, Erroll Flynn y Richard Burton solían escaparse de los reflectores para ir a navegar. Actualmente, la navegación es una parte de la cultura de los famosos, de preferencia a la vista de los fotógrafos. La lista de famosos/ricos fotografiados a bordo de yates incluye a Rod Stewart, Tiger Woods, Naomi Campbell, Sting, Orlando Bloom, George Clooney, Cindy Crawford, Bono, Wayne Rooney, David y Victoria Beckham, Leonardo DiCaprio, Bill Gates, Giorgio Armani, Uma Thurman, Brad Pitt y Angelina Jolie, Johnny Depp, Nicholas Cage, Harrison Ford, Beyoncé y Jay-Z, Paris Hilton, Richard Branson, Roman Abramovich, Vladimir Putin y (en otros tiempos) Saddam Hussein.

KENNEDY, EL HÉROE NAVAL

TODO EL MUNDO ADMIRA a los héroes de guerra, especialmente el electorado de EEUU. Cuando John F. Kennedy ganó la presidencia en 1960, sin duda le ayudó la historia de su servicio naval en el Pacífico. En 1941, durante la II Guerra Mundial, Kennedy estaba al mando de una lancha torpedera de 80 pies. Se fueron a pique una noche cuando les embistió un destructor japonés. Dos tripulantes fallecieron y los 11 supervivientes tuvieron que nadar 3 millas hasta una isla remota. A pesar de tener la espalda lesionada, Kennedy salvó a un tripulante con quemaduras graves, sujetando una correa de su chaleco salvavidas con los dientes. Tras cuatro días esquivando las tropas japonesas, lograron contactar a las fuerzas aliadas a través de los lugareños, que llevaron un mensaje tallado por Kennedy en una cáscara de coco. Conservó aquel coco en su escritorio a lo largo de su presidencia.

CONVENCIÓN DE LA ONU SOBRE EL DERECHO DEL MAR, 1982

Artículo 99: Prohibición del transporte de esclavos
«Todo Estado tomará medidas para impedir y castigar el transporte de esclavos en buques autorizados para enarbolar su pabellón y para impedir que con ese propósito se use ilegalmente su pabellón. Todo esclavo que se refugie en un buque, sea cual fuere su pabellón, quedará libre ipso facto».

> **“Un hombre que no le tiene miedo al mar se ahogará pronto porque saldrá al mar el día que no debe salir. Pero nosotros le tenemos miedo al mar y solo nos ahogamos de vez en cuando.”**
>
> JM Synge, escritor irlandés (1871-1909)

COMIDA DEL MAR

Si no fuera por el mar, no existiría la pizza. En los países mediterráneos se preparaban tortas o panes sin levadura desde hacía siglos, pero la comida rápida más popular del mundo no se inventó hasta el descubrimiento del Nuevo Mundo. Marinos italianos que regresaban de las Américas trajeron tomates y tan pronto sus paisanos comprobaron que no eran venenosos, los convirtieron en una salsa para untar en sus tortas y panes. En Nápoles, las mujeres de los pescadores preparaban este nuevo plato para sus maridos cuando se hacían a la mar y así nació la pizza marinara (que no lleva pescado).

¿POR QUÉ LOS MARINEROS NO SABEN NADAR?

Por supuesto, es falso que los navegantes no sepan nadar y la mayoría de ellos son perfectamente capaces de hacerlo. Sin embargo, en el s. XVIII hacían falta enormes dotaciones para tripular los grandes buques de velas cuadras. Los marineros venían de procedencias diversas y muchos incluso habían sido enrolados a la fuerza por matones al servicio de la marina. La natación no era todavía una actividad de ocio popular y la mayoría de aquellos hombres no sabían nadar. Tampoco es que la vida en el mar les ofreciera muchas ocasiones para aprender. Era peligroso nadar mientras el barco estaba en marcha y cuando arribaban a puerto sus prioridades eran otras. Un artículo publicado en 1910 calculaba que un 40 por ciento de los reclutas de la marina estadounidense no sabían nadar, aunque las fuerzas navales hacían todo lo posible para remediar esta situación. Sin embargo, algunos marineros se negaban a aprender a nadar por otro motivo: tenían la certeza de que si se caían por la borda, el barco no se detendría para rescatarles. En dicho caso, preferían ahogarse de inmediato que sufrir una prolongada agonía en el océano.

«Hijo de un cañón»

Hay varias versiones sobre el origen de la expresión *'son of a gun'* (hijo de un cañón), que hoy significa 'sinvergüenza'. Una de ellas es que se originó en las fuerzas navales, en la época en que las mujeres podían acompañar a sus maridos a bordo. Cuando una mujer daba a luz, apartaban un sector de la cubierta de cañones para el parto. Si el niño era de padre desconocido, anotaban en el cuaderno de bitácora que era «hijo de un cañón», es decir, un bastardo. Otra explicación es que se trata de un término genérico para los hijos ilegítimos de militares en tierras lejanas.

ÚNETE AL CLUB

Quizá parezca fácil determinar cuál es el club marítimo más antiguo del mundo. Basta con consultar los archivos y determinar cuándo los fundaron. El problema es que los clubes marítimos son competitivos por naturaleza y les gusta ser primeros. Actualmente, dos clubes reclaman el primer lugar. Uno es el club marítimo Neva en San Petersburgo, fundado en 1718 por Pedro el Grande. El zar incluso les entregó una flota de grandes veleros y diseñó una enseña para el club, basado en el pabellón de la marina de guerra rusa. A continuación tenemos el real club marítimo de Cork, en Irlanda, fundado en 1720 por el 9° lord de Inchiquin, William O'Brien. Los miembros del club de Cork afirman que la institución rusa fue creada por decreto del zar en vez de como asociación voluntaria y por consiguiente no se ciñe al auténtico espíritu de un club marítimo. ¿Quién tiene razón? Envíen sus respuestas…

Barcos y astilleros

UN SECTOR DE 630 MIL MILLONES DE DÓLARES

A PESAR DE LA ABUNDANCIA de camiones, los cargueros aún juegan un papel crucial en el funcionamiento de la economía. Un 90 por ciento del comercio global se transporta por mar, desde automóviles a plátanos. Este comercio oceánico genera unos 630 mil millones de dólares en ingresos para las empresas involucradas. Esa cantidad, que representa el 5% de todos los ingresos del comercio global, no incluye lo que ingresan los sectores relacionados como el financiero, los seguros y la educación. Asimismo, la actividad económica no se limita al transporte de mercancías. En 2011 se calcula que unos 19 millones de pasajeros viajaron en cruceros y generaron más de 29 mil millones de dólares en ingresos. Es más difícil recopilar datos sobre la navegación de recreo, pero se cree que tan solo el sector de los superyates genera unos 70 mil millones de dólares.

EL RETORNO DE LA REINA DE ÁFRICA

Es un barco icónico donde los haya, querido por los cinéfilos. Sin embargo *La Reina de África,* estrella de la película de 1951 con el mismo título, permaneció abandonada en un puerto deportivo en Florida durante una década, hasta que una pareja local la descubrió y restauró en 2011. Antes de ayudar a Humphrey Bogart a ganar su único Oscar, se llamaba *Livingstone* y transportaba cazadores, misioneros y mercancías para la Compañía Imperial del África Oriental, en el Congo Belga y Uganda. Tras su momento de gloria, la llevaron a San Francisco y cambió varias veces de manos antes de acabar en los cayos de Florida. Tras una restauración de 60.000 $ regresó al servicio, llevando turistas a Cayo Largo.

LA NUEVA ERA DE LA VELA

LA IDEA DE TRANSPORTAR mercancías a vela puede parecer un anacronismo, considerando que los grandes veleros empleados para el transporte de carga, como el *Cutty Sark,* pasaron de moda hace más de un siglo. Sin embargo, la empresa B9 Shipping (una filial de B9 Energy, la mayor compañía de energía eólica en el Reino Unido) considera que solo es cuestión de tiempo hasta que el petróleo llegue a ser tan escaso y/o caro que obligue a las navieras a recurrir de nuevo a la energía del viento. B9 está desarrollando un carguero completamente libre de combustibles fósiles, que obtendría un 60 por ciento de su potencia de las velas y un 40 por ciento de biocombustibles. Asimismo, los cargueros actuales navegan a velocidades cada vez más bajas a fin de reducir las emisiones de combustible, de modo que la velocidad de los veleros de carga pronto sería comparable a la de sus antecesores tragones de diesel. Prepárense para una nueva era de grandes veleros.

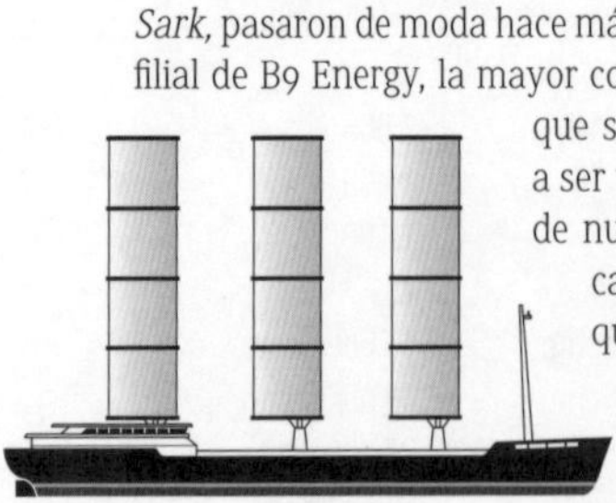

LAS DAMAS Y LOS NIÑOS PRIMERO, SOLO SI HAY TIEMPO

A pesar del terrible número de víctimas, la evacuación del *Titanic* en 1912 transcurrió de forma ordenada y tranquila, dando prioridad en los botes salvavidas a mujeres y niños. En parte esto se debió a que nadie creía que el barco se fuera a hundir y en parte al hecho de que se hundiera sumamente despacio: pasajeros y tripulantes tuvieron 2 h y 40 min. para considerar sus opciones. Es cierto que hubo más víctimas de tercera clase, pero eso refleja el sistema social del momento, que situaba los aposentos de los pasajeros de tercera en las cubiertas inferiores.

El escenario en el crucero *Lusitania*, hundido por un submarino alemán tres años más tarde, no pudo haber sido más diferente. Los 1.959 pasajeros y tripulantes solo tuvieron 18 minutos. En vez de seguir la norma de "las damas y los niños primero", en esta ocasión se impuso el "sálvese quien pueda", con lo que la mayor proporción de supervivientes fueron hombres y mujeres de 18-35 años de edad. Mientras en el *Titanic*, los niños tenían un 14,8% más de probabilidades de sobrevivir que los adultos, en el *Lusitania* tenían un 5,3% menos que los adultos. En el *Titanic* era 53% más probable que las mujeres sobrevivieran, mientras que en el *Lusitania* era un 1,1% más probable que lo hicieran los hombres.

	RMS *Titanic*	RMS *Lusitania*
Botes salvavidas que podría haber llevado:	52	no disponible
Botes salvavidas que llevaba:	20	48
Capacidad total de los botes:	1.176	2.605
Personas a bordo:	2.223	1.959
Personas fallecidas:	1.517	1.198
Personas salvadas:	706	761
Proporción de hombres salvados:	20 por ciento	40 por ciento
Proporción de mujeres salvadas:	74 por ciento	38 por ciento
Proporción de niños salvados:	51 por ciento	27 por ciento
Tiempo que tardó en hundirse:	2 h 40 min.	18 minutos

VUELTA AL MAR EN 84 DÍAS

¿Cuál es el sentido de los submarinos nucleares? Más allá de reducir el consumo de petróleo, la principal ventaja de este sistema de propulsión es que permite a los submarinos mantenerse sumergidos indefinidamente, o hasta que se agota el chocolate. ¿Y qué mejor manera de demostrarlo que dar la vuelta al mundo bajo el mar? Eso es lo que hizo el USS *Triton* de febrero a mayo de 1960, para convertirse en la primera embarcación en completar una circunnavegación submarina. Realizaron la hazaña durante el viaje inaugural del submarino, tres meses después de su botadura, siguiendo el mismo trayecto de la nave *Victoria* de Magallanes. La circunnavegación duró 60 días, aunque estuvo sumergido durante un total de 84 días. Solo subió a la superficie en una ocasión, para dejar a un tripulante enfermo en Uruguay. Aunque el viaje fue todo un éxito propagandístico para EEUU en plena guerra fría, resultó ser demasiado caro operar el *Triton,* con doble reactor nuclear y un coste estimado de 109 millones de dólares, y en 1969 lo desguazaron tras diez años en activo.

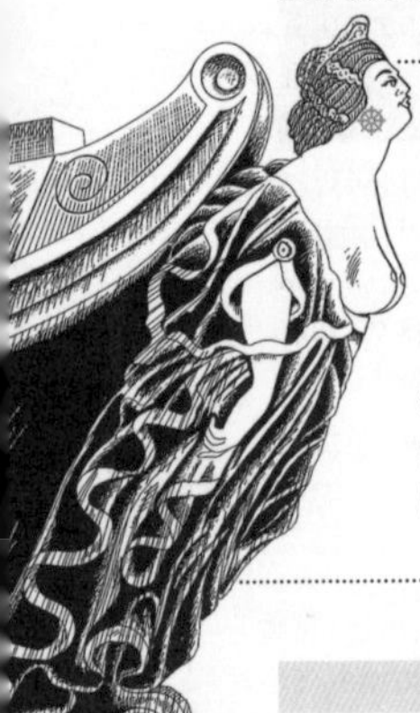

Cómo construir un barco afortunado

- Colocar una moneda bajo el mástil.
- No construir el casco número 13, porque será de mala suerte, aunque en realidad el número 14 acabe siendo el 13. Quedan advertidos.
- Aunque las mujeres a bordo se consideran de mala suerte, las mujeres desnudas calman las olas, así que un mascarón de proa de una mujer desnuda garantizará una travesía plácida.
- Pintar un ojo en la proa para ahuyentar el mal de ojo.

LA PERLA NEGRA ORIGINAL

Aunque inmortalizado como el barco del capitán Jack Sparrow en *Piratas del Caribe,* el *Black Pearl* (perla negra) original fue un velero más modesto, aunque no carente de historia. Propiedad de Barclay Warburton III, la goleta de 52 pies participó en regatas europeas de grandes veleros en 1972. Inspirado por los buques escuela que presenció en aquellas regatas, Warburton creó la Asociación Americana de Buques Escuela (ASTA), con el *Black Pearl* como buque insignia. En la actualidad, ASTA cuenta con 250 veleros, la mayoría mucho mayores que el *Black Pearl,* y organiza regatas en el Atlántico, Pacífico y Grandes Lagos. Con Warburton como armador, el *Black Pearl* participó en las regatas de ASTA muchos años y sirvió de buque escuela a unos 500 jóvenes. Tras la muerte de Warburton en 1983, el *Black Pearl* tuvo varios dueños hasta quedar en estado de abandono en Chester, Connecticut.

«Alinearse en cubierta»

Hay varias teorías sobre el origen de la expresión inglesa *toe the line*, que significa acatar las normas. Según distintas hipótesis, la expresión procede del mundo del atletismo, el boxeo, la equitación, o las cámaras parlamentarias británicas. Sin embargo, el origen más probable es la práctica de alinear a los marinos de la armada británica en cubierta para la inspección diaria en los antiguos veleros de madera. El calafateado de las juntas de cubierta ofrece una referencia idónea para que se situen los marineros "con los pies literalmente en la línea".

¿QUÉ SUCEDIÓ EN EL MARY CELESTE?

Parece un relato de ficción: un barco hallado en medio del Atlántico, con todas las velas izadas, sin tripulación a bordo y sin rastro de lucha. Sin embargo, la historia del *Mary Celeste* es verídica. Abundan las teorías sobre qué pasó en el gran velero en 1872: fantasmas, ovnis, piratas, borracheras, un motín, explosiones, remolinos o un maremoto. Tras una investigación exhaustiva del caso que duró tres meses, el tribunal del vicealmirantazgo en Gibraltar fue incapaz de llegar a una conclusión firme. Parece que la tripulación creyó que el barco estaba en peligro y lo abandonaron, llevándose documentos e instrumentos de navegación. Los que se alejaron en el bote salvavidas se ahogaron o murieron de hambre en alta mar. El gran misterio es qué motivó el abandono del barco. Quizá las nueve barricas de vino vacías en la bodega son una pista.

TITANES DEL OCÉANO

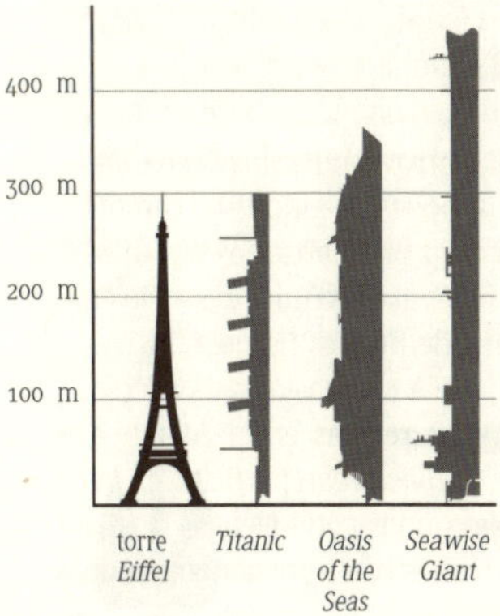

El barco más grande de la historia fue el petrolero *Seawise Giant*, de 1.500 pies (458 m). Construido en 1979, pasaron dos años más hasta la botadura, mientras alargaban el casco hasta alcanzar su eslora total. Fue desguazado en el 2010. Los buques de pasajeros más grandes jamás construidos son el *Oasis of the Seas* (2008) y el *Allure of the Seas* (2010), ambos con una eslora de 1.180 pies (360 m). (El *Allure* resultó medir 5 cm más que el *Oasis*, aunque podría deberse a la temperatura a la que midieron, ya que el acero del casco se expande con el calor.) Ambos miden más que la altura de la torre Eiffel (300 metros), y pueden transportar 8.700 pasajeros y tripulantes, más del doble que los 3.500 que transportaba el *Titanic*.

Nombres de embarcación más populares

Los más populares en **1991**:	Osprey Therapy Windsong Serenity	Windwalker Obsession Happy Hours	Miss Behavin' Escapade Liquid Asset
Los más populares en **2011**:	Seas the Day Nauti Buoy Aquaholic Dream Weaver	Pegasus Serenity Now Second Wind	Liquid Asset Miss Behavin' Blew By You

Fuente: www.boatus.com

¡LEVEN ANCLAS!

SI NO HA SIDO JAMÁS PROPIETARIO de una embarcación, probablemente crea que solo existe una clase de ancla. Durante siglos, los marinos se las arreglaron con el diseño clásico del ancla almirantazgo, la típica que dibujaría un niño, aunque cabe mencionar que la barra superior (llamada "cepo") debe ser perpendicular a los "brazos" inferiores terminados en garfios. El problema de esta ancla es que abulta y no es fácil de estibar, así que a finales del siglo XVIII se desarrolló otro modelo de ancla sin cepo, que se podía levar junto al casco de la embarcación. Los diseños de ancla se multiplicaron en el siglo XX: en 1933 un matemático diseñó una variedad de ancla basada en el arado agrícola y llamada ancla C.Q.R. o de arado, que inspiró a numerosos imitadores y se convirtió en la preferida de muchos marinos. Otra novedad fue el ancla Danforth, inventada por Richard Danforth en los años cuarenta para emplearse en lanchas de desembarco, que consiste en dos grandes brazos basculantes en una caña. Desde entonces han proliferado los modelos de ancla, entre ellos el ancla Bruce (combinando características de la Danforth y la de arado), la Bulwagga (una Danforth con tres brazos), la Rocna (una C.Q.R./Bruce "mejorada") y la Hydrobubble (una pequeña ancla de arado con una "hidroburbuja" o tanque de flotabilidad). Pero cada marinero tiene su ancla predilecta ¡y ay del que trate de convencerle de que otro modelo es mejor!

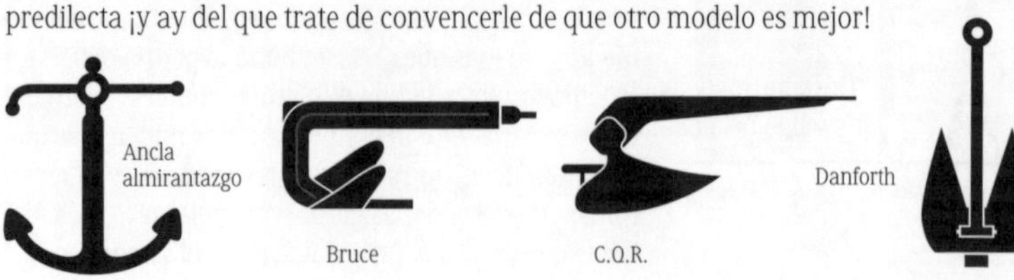

DISEÑOS PISCIFORMES

El diseño de las embarcaciones también sigue la moda. Hace unos 200 años, el diseño ideal de un barco era el de "cabeza de bacalao y cola de caballa", es decir, una proa (parte delantera) amplia y redondeada combinada con una popa (parte trasera) aerodinámica y estilizada. La terminología no está relacionada con ninguna escuela de arquitectura naval, pero describe la forma de un barco de manera comprensible para cualquier marinero. En los años 30 se pusieron de moda las proas y popas simétricas, un diseño que podría categorizarse como "cabeza y cola de sardina". Eran veleros bellos, elegantes y buenos para navegar en línea recta, pero no muy veloces. Hoy, los veleros suelen ceñirse a un diseño opuesto al que prevalecía en el siglo XVIII, es decir, un casco con "cabeza de caballa y cola de bacalao" que navega a gran velocidad, especialmente de ceñida. Los diseños más extremos, como los veleros de la Open 60 de proa recta y popa plana, podrían describirse incluso como "cabeza de salmonete y cola de rodaballo".

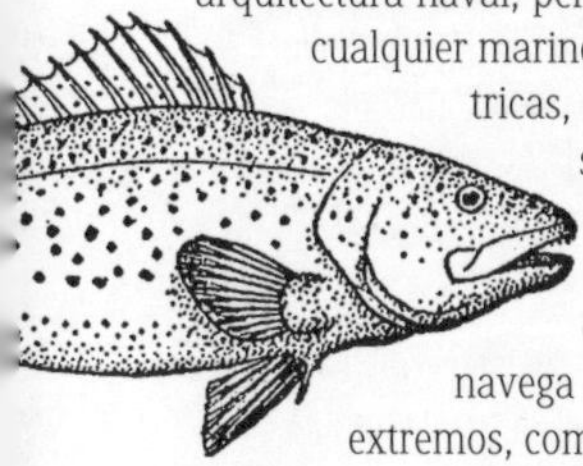

EL HOLANDÉS ERRANTE: ¿VERDAD O FANTASÍA?

La historia de un barco condenado a vagar eternamente por los mares del mundo ha circulado entre marineros desde el siglo XVIII. *El Holandés Errante* suele aparecer como un espejismo en un temporal y desaparece al acercarse a él. Avistarlo es señal de mal agüero y anuncia alguna terrible desgracia. Algunos sugieren que el capitán del barco se negó a buscar refugio ante un temporal y sufrió el castigo por su arrogancia. Otros, que la tripulación había cometido crímenes espantosos que les impedían regresar a puerto. Hoy sabemos que aquellas visiones solo eran alucinaciones de marinos que llevaban demasiado tiempo embarcados y lejos de sus hogares, o extraños fenómenos atmosféricos. Sin embargo, el rey británico Jorge V aseguró haber visto este barco fantasmagórico, mientras navegaba frente a las costas de Australia a finales del siglo XIX. Según su relato, 13 personas lo vieron y el primero en avistarlo murió al día siguiente al caer del palo trinquete. Incluso en los años 40, Nicholas Monsarrat (escritor y antiguo capitán de fragata) aseguró haberlo visto.

> **“Créeme, joven amigo, no hay nada, absolutamente nada, que valga ni la mitad de lo que significa trajinar con la barca.”**
>
> *El viento entre los sauces,* de Kenneth Grahame, 1908

Ocho grandes batallas navales

Batalla del Delta del Nilo. Posiblemente la primera batalla naval, tuvo lugar en el río Nilo en el año 1178 a.C., cuando un pueblo marítimo trató de invadir Egipto. El faraón Ramsés III logró que cayeran en una emboscada y salvó el Imperio egipcio.

Batalla de Salamina. En el 480 a.C. hubo un momento decisivo en la historia de Europa, cuando 380 barcos griegos derrotaron 1.200 barcos persas junto a la isla de Salamina, próxima a Atenas. La antigua Grecia se salvó, y con ella la civilización occidental.

Batalla de Accio. La suerte de Marco Antonio cambió cuando Octaviano derrotó a su flota en el mar Jónico, en el año 31 a.C. Octaviano se convertiría en César Augusto y la República Romana se convirtió en el Imperio romano.

Batalla de Yamen. A pesar de estar superado en número 10 a 1, la dinastía invasora Yuan derrotó a la dinastía Song en el año 1279 y causó 100.000 bajas en una terrible batalla naval en el sur de la China. Habían llegado los mongoles.

Batalla de Lepanto. Una coalición de fuerzas católicas derrotó a la principal flota otomana en 1571 en el golfo de Lepanto, deteniendo así el avance del Imperio otomano en el Mediterráneo.

La Armada Invencible. 130 barcos de la flota del rey Felipe II de España emprendieron rumbo a Inglaterra para derrocar a Isabel I en 1588. Tras una persecución alrededor de las islas británicas, gran parte de la flota naufragó durante un temporal.

Batalla de Cartagena de Indias. Otra conflagración entre las flotas española e inglesa, con una victoria contundente de los primeros. Los británicos perdieron 50 embarcaciones en 1741 frente a las costas de Colombia y España mantuvo el control de Sudamérica.

Batalla de Trafalgar. La supremacía naval británica se estableció cuando 27 barcos británicos derrotaron a 33 barcos franceses y españoles frente a la costa de España en 1805. La flota francoespañola perdió 20 barcos, la británica ninguna, 'solo' a Nelson.

EL DISEÑO DE LA EMBARCACIÓN PERFECTA

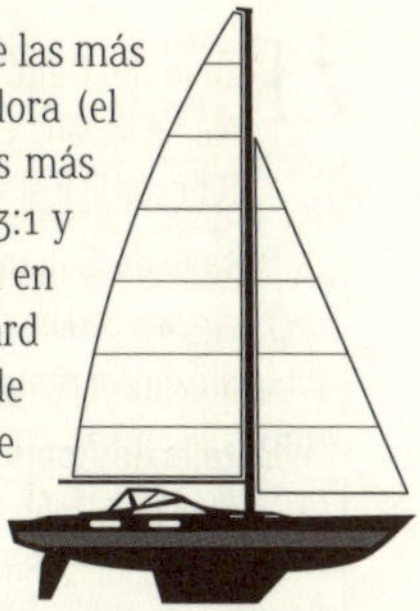

HAY MUCHAS NORMAS para el diseño de un buen barco. Una de las más antiguas hace referencia a la proporción entre manga y eslora (el ancho y la longitud). Los botes de vela ligera suelen ser 2,5 veces más largos que anchos; los barcos de pesca tienen una proporción de 3:1 y los yates de 4-5:1. Cuanto mayor es la eslora, menor es la manga en términos proporcionales. El legendario arquitecto naval Howard Chappelle lo resumió así: "los barcos más marineros suelen tener de tres a cinco mangas de eslora". Otra expresión de antaño indica que "un hombre necesita un pie de eslora por cada año de edad". Pero esta norma ha dejado de ser vigente al extenderse la navegación entre todas las clases sociales (poca gente puede permitirse un yate de 65 pies al jubilarse) y al popularizarse la vela de crucero. Hoy en día una expresión más apropiada podría ser que "el placer que produce la navegación es inversamente proporcional al tamaño del velero". Es decir, cuanto más pequeña es la embarcación, menos trabajo requiere y más tiempo permite para disfrutar de la navegación.

> **"Si el hombre debe obsesionarse por algo, supongo que un barco es tan válido como cualquier otra opción y quizá un poco mejor que la mayoría."**
>
> **EB White, escritor estadounidense (1899-1985)**

EL DISCO DE PLIMSOLL

¿SE HAN FIJADO en una marca redonda atravesada por una línea en los costados de los buques de carga? Es el disco Plimsoll o marca de francobordo e indica el máximo calado del barco. Si el agua supera el disco, el barco lleva exceso de carga y no tiene suficiente reserva de flotabilidad. El disco lleva el nombre de un parlamentario británico, y se empleó por primera vez en 1876, pero no se extendió al resto del mundo hasta el 1930. Las letras indican la autoridad encargada de inspeccionar el buque: LR (Lloyd's Register), BV (Bureau Veritas)... Dado que la flotabilidad varía en función de temperatura y salinidad, hay distintas marcas: TF *(Tropical Fresh Water)* agua dulce zona tropical, F *(Fresh Water)* agua dulce otras zonas, T *(Tropical Seawater)* agua de mar zona tropical, WNA *(Winter North Atlantic)* invierno en el Atlántico Norte, S *(Summer)* agua de mar en verano y W *(Winter)* agua de mar en invierno.

BABOR Y ESTRIBOR

¿Por qué los marineros dicen babor y estribor en vez de izquierda y derecha? Porque... derecha o izquierda, ¿mirando hacia dónde? Por eso dicen babor (lado izquierdo mirando hacia la proa) y estribor (el derecho mirando a la proa). Según una teoría, la palabra estribor proviene de la época en que el timón era un remo amarrado al costado derecho de la embarcación. Estribor vendría del antiguo nórdico *styri* (timón) y de borda, el costado de la embarcación, para referirse al lado derecho. El lado izquierdo se conocía en inglés como *larboard*, por la borda que quedaba amarrada junto al puerto y con una escalera de abordaje.

Pero era muy fácil confundir *larboard* con *starboard* (estribor) y a mediados del siglo XIX cambiaron el término a *port* (puerto). [Según otra teoría, provienen del neerlandés: babor, de *bakboord* (de espaldas al bordo), por la posición del timonel durante la navegación, controlando con la mano derecha el timón (*stier*) a estribor; y de ahí su nombre: *stierboord*. *(N. del T.)*]

CONSERVADO EN FORMOL MARÍTIMO

El rescate de los restos del *Mary Rose* empezó en 1979 y se convirtió en la hazaña más impresionante de la historia de la arqueología subacuática. Tras varios meses de excavaciones, izaron el casco empleando un armazón a medida y lo llevaron al puerto de Portsmouth junto con unos 19.000 artefactos, incluidos los restos de 200 tripulantes. El hallazgo ofreció una visión única de la vida marítima en el siglo XVI, gracias a su perfecta conservación en el sedimento del lecho marino, en el estrecho de Solent. Pero empezaba el trabajo de preservación: la madera del barco requería hidratación constante para evitar que se secara, primero con agua y a partir de 1995 con polietilenglicol. En el 2012, fue trasladado a un nuevo museo construido con una inversión de 36 millones de libras, donde finalmente se pudo detener la hidratación. Se inició un proceso para secar el casco de forma controlada, antes de poderlo exponer a la atmósfera más de cinco siglos después de su botadura.

¿EL VELERO MÁS POPULAR DE LA HISTORIA?

NO ES FÁCIL CALCULAR las ventas de barcos, ya que los astilleros no llevan un control exhaustivo de los números de casco, los modelos cambian de nombre y a menudo se subcontrata la producción en varios países. Sin embargo, existe un consenso general de que el modelo Catalina 22, un velero de remolque de EEUU muy popular, es el barco a vela más vendido de la historia. Construido por primera vez en California en 1969, el modelo MkI se produjo hasta 1995, con más de 15.000 veleros vendidos. Después se crearon las versiones MkII y Sport, que siguen produciéndose. En 1980 la revista *Sail* lo nombró "el mejor velero para remolques de la década" y en 1995 lo invitaron a formar parte del Salón de la Fama de la vela.

Que no caigan en el olvido

Las cinco tragedias marítimas más mortíferas en tiempos de paz:

Doña Paz: sobre unas 4.300 personas perdieron la vida cuando un transbordador filipino colisionó con un petrolero rumbo a Manila, en diciembre de 1987.

Kiangya: al menos 2.750 personas fallecieron cuando un barco de pasajeros chino impactó con una mina en el río Huangpu, cerca de Shanghái, en diciembre de 1948.

Le Joola: casi 2.000 personas fallecieron cuando un transbordador senegalés se fue a pique en un temporal frente a la costa de Gambia, en septiembre de 2002.

Sultana: casi 1.800 pasajeros de un buque de vapor norteamericano perdieron la vida tras la explosión de una caldera mientras navegaban por el río Mississippi, en abril de 1865.

Tek Sing: fallecieron 1.600 personas cuando un junco chino se embarrancó en un arrecife frente a las costas de Indonesia, en febrero de 1822.

Las cinco tragedias marítimas más mortíferas en tiempos de guerra:

Wilhelm Gustloff: más de 9.000 personas fallecieron cuando un submarino soviético atacó un buque alemán que evacuaba civiles y tropas nazis de Prusia oriental, en enero de 1945.

Goya: unas 7.000 personas, en su mayoría soldados, fallecieron cuando un submarino soviético atacó un buque alemán en el mar Báltico, en abril de 1945. Solo hubo 183 supervivientes.

Armenia: la aviación alemana atacó a este buque hospital soviético en 1941, causando de 5.000 a 8.000 víctimas. Solo hubo 8 supervivientes.

Junyo Maru: 4.200 trabajadores esclavos javaneses y 2.300 prisioneros de guerra aliados fallecieron cuando un submarino británico atacó este barco japonés en septiembre de 1944.

Toyama Maru: 5.400 personas perdieron la vida en 1944 cuando un submarino estadounidense torpedeó este buque japonés, detonando una deflagración de los barriles de combustible en la bodega.

UN HÉROE OCEÁNICO

La Segunda Guerra Mundial puede verse como una lucha entre grandes máquinas militares: el HMS *Hood* contra el *Bismark* en el mar, y los Spitfire contra los Messerchmitt en el aire. Sin embargo, la labor de mantener el suministro de alimentos y armamento de EEUU en Europa le correspondió a los modestos buques Liberty. Su origen se remonta a 1940, cuando el Reino Unido encargó 60 buques de carga artillados para reemplazar los hundidos por los submarinos alemanes. Eran barcos fáciles de construir en muy poco tiempo, con motores a carbón (las islas británicas tenían carbón en abundancia). Los astilleros en EEUU cambiaron las juntas remachadas por soldaduras e instalaron motores que usaban petróleo. De 1941 a 1945 se construyeron unos 2.751 buques de clase Liberty en 18 astilleros de EEUU: el mayor esfuerzo de construcción naval jamás realizado. En el momento más álgido de esta producción, tardaban unos 42 días en completar un barco y botaban tres al día. La construcción más rápida tardó 4 días y 15 horas, desde la instalación de la quilla hasta la botadura.

Día 2

Día 6

Día 14

Día 24

EL SUBMARINO MORTÍFERO

¿Qué pasa cuando un arma es más mortífera para quien la emplea que para el enemigo? Ese fue el caso del prototipo de submarino HL *Hunley*, de 40 pies, construido para las fuerzas confederadas durante la guerra de Secesión en 1863. En esencia, el *Hunley* era un tubo de acero con una hélice de propulsión manual en un extremo y un torpedo de pértiga en el otro, tripulado por siete marineros y un oficial. La embarcación se hundió en dos ocasiones durante los ejercicios de entrenamiento. Fallecieron cinco tripulantes la primera vez y la dotación completa de ocho la segunda, entre ellos el diseñador Horace L. Hunley. Después de cada siniestro rescataron la embarcación y la activaron de nuevo. El *Hunley* solo cumplió servicio activo en una ocasión, cuando logró detonar un torpedo en el casco del USS *Housatonic* y mató a cinco de sus tripulantes. Sin embargo, mientras navegaba de regreso a la base se hundió de nuevo y fallecieron los ocho tripulantes. En el recuento final, el *Hunley* causó la muerte de 21 elementos de su bando confederado y cinco miembros de las fuerzas unionistas. A pesar de tal historial, se considera que el *Hunley* inició la era de la guerra submarina.

A TODO TRAPO

Velamen de una fragata, incluidas las alas de estribor (se han omitido las alas de babor para evitar confusiones).

1. Petifoque
2. Foque
3. Contrafoque
4. Trinquete
5. Velacho bajo
6. Velacho alto
7. Juanete bajo
8. Juanete alto
9. Sobrejuanete de proa
10. Arrastradera
11. Ala de velacho
12. Ala de juanete
13. Ala de sobrejuanete
14. Estay de mayor
15. Estay de gavia
16. Estay de juanete mayor
17. Estay de sobre mayor
18. Mayor
19. Gavia baja
20. Gavia alta
21. Juanete mayor
22. Sobrejuanete mayor
23. Sosobre
24. Ala de mayor
25. Ala de gavia
26. Ala de juanete mayor
27. Ala de sobrejuanete mayor
28. Estay de mesana
29. Estay de juanete mesana
30. Estay de sobremesana
31. Estay de perico
32. Mesana
33. Sobremesana baja
34. Sobremesana alta
35. Perico bajo
36. Perico alto
37. Sobreperico
38. Cangreja

¿POR QUÉ LLEVAN LOS BARCOS NOMBRE DE MUJER?

SEGÚN ALGUNOS BROMISTAS náuticos, deben llevar nombre de mujer porque:

- Necesitan una mano de pintura para estar bonitas.
- Jamás enseñan sus partes inferiores.
- Cuando llegan a puerto, siempre se amarran a un buen cabo.
- Llevan el cargamento en su interior y lo entregan sano y salvo.
- Hay que ser un buen hombre para llevarlas.

El origen más probable (¡y menos machista!) de esta costumbre es que los navegantes solían dar a las embarcaciones el nombre de alguna niña o mujer querida de su familia. A partir de ahí sería un paso lógico referirse a las embarcaciones en femenino. Un ejemplo de esta práctica es el de la goleta británica *Kathleen & May,* cuyo nombre original era *Lizzie May* en honor a las dos hijas del capitán. Cuando el barco se vendió en 1908, el nuevo armador le puso el nombre de sus hijas Kathleen y May, y ese ha sido su nombre desde entonces.

> **Los barcos son lo más parecido a un sueño que han fabricado jamás las manos del hombre, porque en lo profundo de su corazón de roble nace el alma de una canción.**
>
> Robert N Rose

¿Y SI UNA CUERDA NO ES UNA CUERDA?

EN el mundo náutico, no hay cuerdas sino cabos. Y cada cabo a bordo cumple una función específica, ya sea izar una vela, trincar una defensa, o amarrar la embarcación a un pontón. En muchos casos, el cabo adquiere entonces otro nombre más específico. Hay tantos cabos a bordo (especialmente en un velero) que la mayoría tiene un nombre concreto, a fin de evitarle al capitán tener que explicar exactamente qué cabo quiere que estire la tripulación. Algunos de estos cabos son las drizas (empleadas para izar las velas), las escotas (que se usan para cazar las velas después de izarlas) y los amantillos (para hacer firme una verga o botavara). Para confundir a los no iniciados, también encontramos a bordo relingas (cabos cosidos en la orilla de las velas para reforzarlas), una cuerda para tocar la campana del barco y, por supuesto, la cuerda del reloj. ¡Todo para mantener confundidos a los marineros de agua dulce!

La navegación y el arte de navegar

«Ganar el barlovento»

Ganar el barlovento, según el diccionario, es situarse dejando al enemigo u otro buque a sotavento y en disposición de poder arribar sobre él. Pero fuera de las batallas navales, si a un timonel se le ordena ganar barlovento es para mantener el barco distante de la costa y evitar chocar contra las rocas.

CÓMO HACERSE A LA MAR

HACERSE A LA MAR PUEDE SER un asunto peligroso y un marino supersticioso tomará muchas medidas para no tentar el destino. En primer lugar, no zarpar en viernes ni el primer lunes de abril ni el segundo lunes de agosto (todos tienen connotaciones religiosas). Asimismo, no soltar amarras si antes de subir a bordo ha visto: alguien pelirrojo, alguien con los pies planos, alguien bizco, un gato negro, una maleta negra, un cura o una mujer (a no ser que esté desnuda). Al subir a bordo, asegurarse de pisar primero con el pie derecho. Ya a bordo, comprobar que el barco no transporta: cerdos, conejos, flores, paraguas, plátanos, salmón, curas, por supuesto, ni mujeres (a no ser que estén desnudas). Nunca digas que navegas a cierto lugar, sino que te diriges al mismo; puede que nunca llegues. Mientras navegas, no silbes, no hagas sonar el vaso de vino, no aplaudas, no arrojes piedras al mar, no mates delfines, gaviotas ni albatros, no te cortes el pelo, la barba ni las uñas y no cuentes nada, ya sea peces, cartas o las millas que faltan para alcanzar tu destino. No digas nunca las palabras "cerdo" o "ahogarse". Y no enciendas nunca un cigarrillo con una vela o un marino morirá en el mar. Hazte tatuajes y piercings, escupe en el mar y derrama vino en cubierta antes de soltar amarras, arroja tus zapatos viejos por la borda, clava una herradura en el palo mayor y ten un hijo, aunque tendrás que apañarte sin una mujer, ya que están prohibidas a bordo (salvo si están desnudas).

> **SE BUSCAN hombres para una travesía arriesgada. Sueldo bajo, temperaturas gélidas, muchas horas de oscuridad absoluta. Regreso sano y salvo dudoso. Honor y reconocimiento en caso de éxito.**
>
> Ernest Shackleton, *The Times,* aprox. 1900 (probablemente apócrifo)

EN BUSCA DEL EXPLORADOR

La búsqueda de un paso navegable al norte de Canadá obsesionó a muchos exploradores del siglo XIX; no sorprende dado que los barcos empleaban 140 días para navegar de Europa a California. Lo único que les obsesionó aún más era la búsqueda de la expedición de John Franklin de 1845, que anhelaba encontrar el Paso Noroeste. Franklin y sus 128 tripulantes murieron después de que sus barcos quedaran atrapados por el hielo, y desde entonces más de 40 expediciones se han propuesto encontrar los restos. Se ha dicho que la búsqueda de la expedición perdida de Franklin ha contribuido en mayor grado a la exploración del Ártico, que la búsqueda del Paso Noroeste. El paso fue descubierto por Amundsen en 1905, aunque todavía no es comercialmente viable.

NUDOS DEL VIENTO

DESDE TIEMPO HA se cree que los nudos tienen poderes mágicos, incluido el poder de controlar el viento. Los denominados nudos del viento se hacían en un trozo de cuerda o en un trapo y se vendían a marinos supersticiosos, que deshacían los tres nudos que contenían para desatar el viento. El poeta noruego Petter Dass del siglo XVII explicaba lo que ocurría a continuación:

"Desata solo uno para una brisa buena y suave,
se hincharán las velas, avanzarás con facilidad;
pero si desatas el segundo,
baja las velas a medio palo.
El tercero mandará un viento que te impulsará tan
rápido que tendrás que recurrir a las bombas".

MÁS ALLÁ DEL GPS

¿Qué puede ser más fiable que el GPS? Por extraño que parezca, un monumento, un montón de piedras o un campanario. Estos puntos de referencia pueden alinearse para ofrecer un rumbo fiable a través de un estrecho canal o para entrar en un puerto. Estas líneas de tránsito se describen a menudo en los libros para pilotos o pueden marcarse en una carta de navegación. Las señales principales pueden ser características del paisaje, como rocas de forma inusual, o estructuras artificiales, como postes de colores llamativos o montones de piedras. En ambos casos son tan fijas y constantes como el propio peligro y, a diferencia del GPS, no dejarán de funcionar por el azote de una ola o por la batería. Otro método consiste en medir la profundidad del agua para trazar líneas batimétricas, especialmente cuando el descenso del fondo marino es repentino. Ya en el siglo V a.C. Heródoto escribió: "Cuando alcances once brazas y lodo en el cabo, estarás a un día de travesía desde Alejandría".

ALREDEDOR DEL MUNDO POR 130 LIBRAS ESTERLINAS

NO SE PRECISA DINERO PARA NAVEGAR ALREDEDOR DEL MUNDO; esa es la lección de la travesía épica de Evgeny Gvozdev. Este marino ruso de 70 años no podía permitirse la compra de un barco y decidió construir uno, no en el jardín trasero, sino en el balcón de su pequeño piso en Makhachkala, junto al mar Caspio. Construido con los desechos que encontró, el *Said* ('amigo' en árabe) de 11,8 pies le costó 150 €. Cuando terminó el barco, lo bajó a la caja del camión de un amigo y lo llevaron al mar. En 1999 inició la vuelta al mundo, una circunnavegación completa pasando por Chile, Tahití, Australia e India, hasta llegar a Ucrania en 2003. No llevaba teléfono ni radio ni GPS y para navegar usaba un sextante de plástico, una brújula y cartas de navegación que intercambiaba en ruta. La suerte le abandonó en su siguiente travesía en 2008, cuando se le halló muerto en una playa del sur de Italia, cerca de su yate embarrancado.

PUNTO DE DESAPARICIÓN

La historia del Triángulo de las Bermudas empezó en 1945 cuando cinco aviones de la Marina de EEUU (el Vuelo 19), despegaron de Fort Lauderdale en Florida en patrulla rutinaria. Pocas horas después, los aviones comunicaron que sus brújulas no funcionaban y "nada parecía ir bien", y desaparecieron sin dejar rastro. Los periodistas se hicieron eco de la noticia e identificaron una zona entre Bermuda, Puerto Rico y Miami, donde según ellos numerosos aviones y barcos habían desaparecido inexplicablemente. Desde entonces, la teoría ha sido publicada por otros escritores, con centenares de casos de barcos desparecidos en la zona. Se atribuye a diversas causas, incluidas las inusuales condiciones geológicas, olas gigantes, descomunales burbujas de metano, influencias del continente perdido de la Atlántida y ovnis. Tanto los Guardacostas de EEUU como la compañía Lloyd's de Londres niegan que una cantidad inusual de naves se haya perdido en la zona. Pero es normal que lo hagan. A fin de cuentas, como todo conspiracionista sabe, ellos forman parte de la conspiración.

Algunos barcos perdidos en el Triángulo de las Bermudas

USS *Cyclops:* Mercante de la Armada Estadounidense, desaparecido en 1918 con 306 pasajeros y tripulantes.
Cotopaxi: Vapor de carga, desaparecido en 1925 (32 tripulantes).
Suduffco: Vapor de carga, desaparecido en 1926 (29 tripulantes).
Anglo Australian: Vapor de carga, desaparecido en 1938 (38 tripulantes).
USS *Proteus:* Hermano del *Cyclops* (arriba), desaparecido en 1941.
USS *Nereus:* Otro hermano del *Cyclops* (arriba), también desaparecido en 1941.
Samkey: Vapor de carga, desaparecido en 1948 (43 tripulantes).
Sandra: Vapor de carga, desaparecido en 1950 (12 tripulantes).
Southern Districts: Mercante, desaparecido en 1954 (12 tripulantes).
Marine Sulphur Queen: Petrolero, desaparecido en 1963 (39 tripulantes).
Sylvia L Ossa: Mercante, desaparecido en 1976 (37 tripulantes).
Poet: Mercante, desaparecido en 1980 (34 tripulantes).
Jamanic K: Mercante, desaparecido en 1995.
Genesis: Mercante, desaparecido en 1998.

MAR JAPONÉS DEL DIABLO

En las antípodas del Triángulo de las Bermudas existe otra zona marítima donde barcos y aviones desaparecen sin volver a ser vistos jamás, fallan los instrumentos electrónicos y se han avistado barcos fantasmas y ovnis. Es el Triángulo del Dragón, el mar del misterio propiamente japonés, situado unas 60 millas al sur de Tokio. Hay quien alega que bajo el mar habitan dragones y con sus colas desencadenan tormentas. Es una zona de gran actividad sísmica, donde aparecen y desaparecen islas como consecuencia de erupciones volcánicas. Algunas pueden incluso ocurrir inesperadamente, provocando un repentino oleaje y lanzando enormes chorros de lava fundida, creando una impresión muy convincente de un dragón.

> **Muchos han visto ovnis y no estaban equivocados. ¿Quiénes somos nosotros para dudar de su palabra? Hace solo unas semanas un policía de Palermo fotografió uno, y cuatro oficiales de la Armada Italiana vieron una nave ardiente de 300 pies que emergía del mar y desaparecía en el cielo. ¿Por qué mentirían esos guardianes de la ley y la defensa?**
>
> Lord Rankeillour, hablando en la Cámara Británica de los Lores, 1979

DIEZ CONSEJOS PARA SOBREVIVIR EN EL MAR

- Relajarse. La tranquilidad conserva la energía y minimiza la necesidad de comer.
- Recoger agua de la lluvia y del rocío en cualquier recipiente disponible.
- Pescar por la noche, utilizando una linterna para atraer a los peces.
- Los peces pequeños pueden comerse enteros o utilizarse como cebo. Guardar los órganos internos de los peces mayores para cebo.
- Succionar el globo ocular y las espinas del pescado para extraer humedad.
- Secar al sol todo pescado sobrante para comerlo más adelante.

- La proteína del pescado provoca sed. No comer si no se dispone de agua potable.
- Las aves marinas son una buena fuente de nutrientes y a veces más fáciles de capturar que los peces. Mejor desollarlas que desplumarlas y pueden comerse cocidas o crudas.
- El plancton es muy nutritivo y fácil de pescar, arrastrando una red o cualquier tela por el mar. Comer dos cucharadas diarias.
- Las algas suelen abundar y pueden contener hasta un 25% de proteína y un 50% de hidratos de carbono. También son laxantes, por lo que solo deben consumirse con moderación.

Fuente: *Crisis Times*

BEBER O NO BEBER...

«Agua, agua, por doquier, ni una gota para beber».

ASÍ SE EXPRESA EL VIEJO MARINO DE COLERIDGE, y es una cantinela que debe atormentar a cualquier desdichado atrapado en una balsa salvavidas sin agua potable, rodeado de mar mientras muere lentamente de sed. El consejo a lo largo de los siglos ha sido: no beber agua de mar. Incrementa la sed y enloquece a quien la bebe. Alguien decidió cuestionarlo. En 1952, Alain Bombard cruzó el Atlántico en un bote hinchable, sin comida. En su lugar, se alimentó con dos cucharadas de plancton diarias, consumió el jugo de los peces que pescó y machacó, y bebió agua del mar. Cuando llegó a Barbados después de 65 días en el mar, había perdido 55 libras (25 kg), estaba anémico y se le habían caído las uñas de los dedos de los pies. Pero demostró que beber agua salada del mar en pequeñas cantidades no enloquece y puede ayudar a sobrevivir. Si el Viejo Marino lo hubiera sabido...

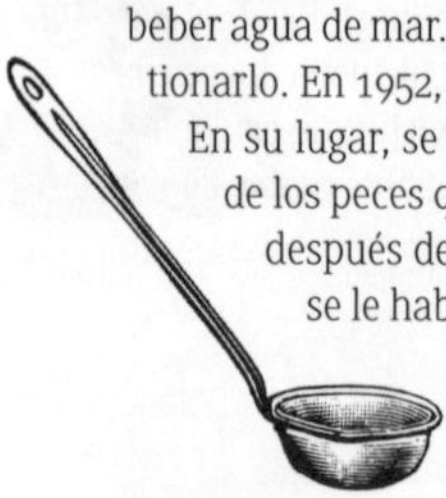

> **El mar descubre todo lo que has hecho mal.**
>
> **Francis Stokes, navegante transoceánico (1926-2008)**

DEMASIADO *POSH* PARA SER CIERTO

SEGÚN LA MITOLOGÍA POPULAR, la palabra *posh* procede de los tiempos del Raj, cuando los transatlánticos de la P&O llevaban miles de pasajeros entre el Reino Unido y la India. Según esta historia, los camarotes de babor (*port* en inglés), estaban a la sombra de camino a India y por consiguiente eran más frescos, mientras que los camarotes de estribor (*starboard* en inglés) eran los más frescos de regreso al Reino Unido. Los pasajeros más acaudalados siempre viajaban *port out, starboard home* (babor de ida, estribor de vuelta) y de ahí el acrónimo POSH. Algunos incluso alegan que POSH se escribía con tiza en el equipaje. En realidad, la mayoría de los expertos en lenguaje coinciden en que los acrónimos apenas se utilizaban antes del siglo XX; el término 'acrónimo' solo se acuñó en la década de 1940. Una fuente más probable es la de una serie de 1888 publicada en la revista satírica *Punch,* que incluye un personaje llamado Murray Posh, que era un auténtico dandi y habría reservado el mejor camarote en cualquier barco.

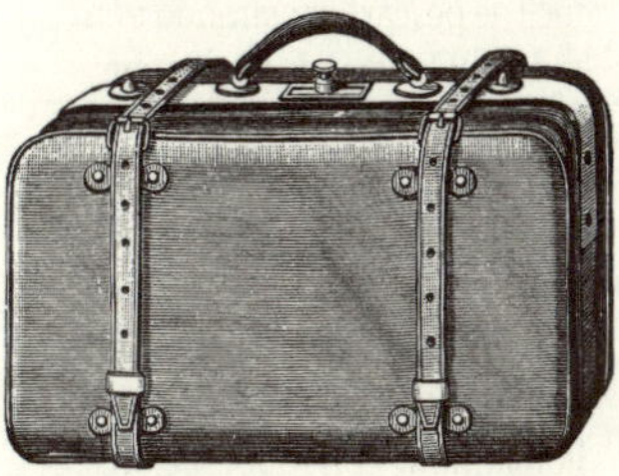

EL PROBLEMA DE LA LONGITUD

Los navegantes utilizan la latitud y la longitud para determinar su posición en el mar. La latitud puede calcularse fácilmente midiendo la altura del sol o una estrella con un sextante y cotejando el ángulo en un conjunto de tablas a la hora correspondiente. La longitud es más difícil de calcular. Conforme el mundo rota en torno a su eje, el sol del mediodía se desplaza a lo largo de las líneas de longitud y crea diferentes zonas horarias. Por cada 15° de desplazamiento hacia el W, es una hora antes (hora local), y por cada 15° hacia el E, es una hora más tarde. Esto significa que, si uno calcula la diferencia horaria entre el lugar donde está y un punto conocido como Greenwich (que está a 0°), puede deducir su longitud. Pero nadie tenía un reloj suficientemente fiable para calcular el tiempo con esta precisión.

En 1714 el gobierno británico decidió ofrecer una recompensa de 20.000 £ a cambio de un método sencillo para calcular la longitud con un margen de error inferior a 30 millas. Surgieron planes descabellados, excesivamente complicados o imprecisos; hasta que John Harrison inventó una serie de relojes tan precisos que los barcos podían navegar muchos años y seguir conociendo la hora de Greenwich. Aunque había resuelto el problema de la longitud, tardó el resto de su vida en persuadir al gobierno británico para que le abonara la recompensa, y tenía casi 80 años cuando por fin recibió el reconocimiento oficial y el pago.

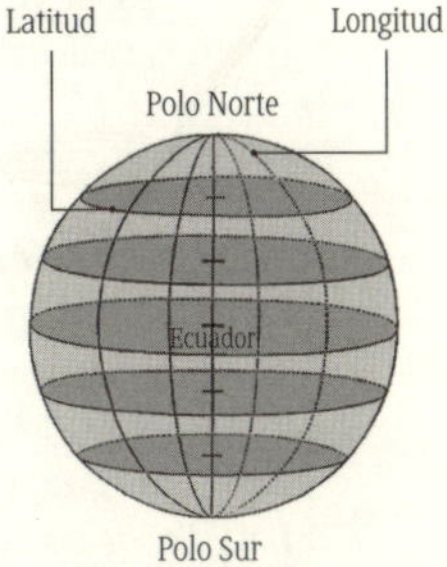

LOS DIEZ MEJORES NUDOS

Puede que el Libro Ashley de los nudos contenga más de 3.000 nudos, pero lo cierto es que la mayoría de las tareas en las embarcaciones pueden resolverse con menos de diez nudos. ¿Cuáles son? Bien, empecemos por los siguientes:

AS DE GUÍA: Nudo increíblemente versátil que se aprieta cuanto más se tira del mismo y sin embargo siempre puede "romperse" (es decir, desatarse).

VUELTA DE ESCOTA: Forma muy sencilla de atar dos cabos, en especial cuando uno es más grueso que el otro.

BALLESTRINQUE: El nudo "instantáneo", rápido de aprender y de atar, aunque hay nudos más fiables a largo plazo.

VUELTA DE REZÓN: Muy eficaz; no tan elegante como otros, pero siempre saca de apuros.

NUDO LLANO: Nudo perfecto de sujeción, muy simétrico, llamado *reef knot* en inglés porque se emplea para tomar rizos *(reefs)* o reducir el velamen en tiempo ventoso.

NUDO PESCADOR: Fiable para cabos resbaladizos, rápido y más elegante que la vuelta de rezón.

NUDO DE ZEPELÍN: Gema relativamente poco conocida para atar dos cabos. Como su propio nombre indica, se creó originalmente para amarrar zepelines.

NUDO CONSTRICTOR: Otro nudo de sujeción, pero que en este caso no se deshace jamás. Conviene tener una navaja a mano para soltar el cabo.

NUDO DE OCHO: El nudo de tapón; impide que el cabo se deslice por aberturas sin la posibilidad de desatarlo.

VUELTA DE CORNAMUSA: El omnipresente nudo de amarras. A pesar de su popularidad, casi siempre se ata incorrectamente.

¡Ánimo navegantes, pueden mejorar!

«MAYDAY»

La llamada de emergencia "MAYDAY" procede del francés *m'aidez* (ayudadme) y debe repetirse tres veces seguidas, seguida del nombre del barco y su posición, para indicar una situación de peligro extremo del barco o sus ocupantes. Hacer una llamada MAYDAY falsa puede poner en peligro muchas vidas y en algunos países se considera un delito grave.

COMO ATAR UN AS DE GUÍA CON UNA SERPIENTE

Forme una lazada o "agujero" a unos sesenta centímetros del extremo del cabo. Imagine que el extremo del cabo es una serpiente y el cabo es un árbol. La serpiente sale hacia arriba por el lazo, corre alrededor del árbol y luego entra de nuevo al agujero. Sujete el árbol y tire de los dos extremos del cabo en el lazo para apretar.

«PAN PAN»

Una llamada de nivel de emergencia más bajo que MAYDAY, derivada del francés *panne* (avería). Como MAYDAY, se repite tres veces, seguidas de la naturaleza de la emergencia.

¿CÓMO FUNCIONA UNA BRÚJULA?

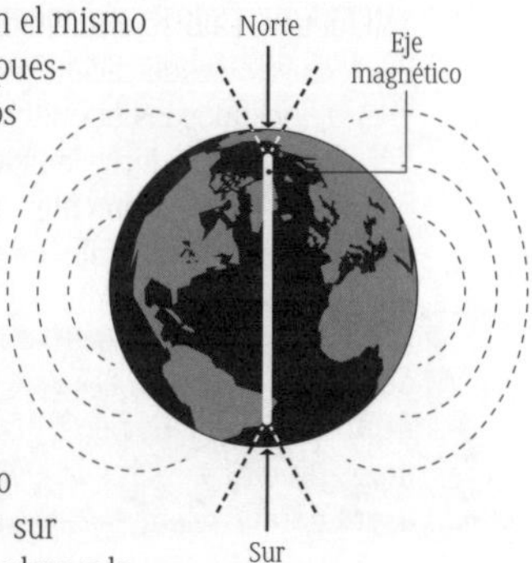

LAS BRÚJULAS O COMPASES MAGNÉTICOS funcionan según el mismo principio que todos los imanes: la atracción de los polos opuestos. Imagine que la Tierra es un imán gigantesco con dos polos: norte (negativo) y sur (positivo). Al colocar otro imán sobre el mismo, este intentará alinear automáticamente su polo positivo con el negativo de la Tierra y viceversa. Eso es exactamente lo que ocurre dentro de una brújula: su aguja magnética persiste en alinearse con el campo magnético de la Tierra, con su polo negativo señalando al norte y el positivo al sur. Solo para dificultar las cosas, los polos magnéticos norte y sur no corresponden exactamente a los "verdaderos" norte y sur usados en los mapas. La diferencia entre la demora verdadera y la magnética se denomina variación y varía según donde se encuentre. La presencia de grandes objetos metálicos a bordo, como un motor, ejerce también una influencia magnética en el compás, denominada desviación. Los navegantes deben tener en cuenta la variación y la desviación antes de calcular el rumbo según el compás de la embarcación. Por no hablar del pronóstico de la influencia del viento y las corrientes...

¿QUIÉN NECESITA UN COMPÁS?

Mucho antes de que el capitán Cook empezara a cartografiar el Pacífico, los polinesios navegaban por el océano sin usar instrumentos ni cartas de navegación. Habían aprendido a "leer" los elementos. Las olas levantadas por los vientos dominantes era previsible que siguieran la misma dirección. Una acumulación de nubes solía significar que había tierra debajo; e incluso de noche, un pequeño fulgor en el horizonte sugería la presencia de islas. Tal vez lo más impresionante, sin recurrir nunca a un sextante, consistía en orientarse por las estrellas. Tras memorizar la posición de las constelaciones, cruzaban vastos espacios de los océanos, con una seguridad envidiable para la mayoría de los navegantes modernos. Asimismo, los navegantes del norte de Europa estudiaban las costumbres de las aves, para indicar la dirección a la tierra. Si un barco vikingo vislumbraba un alca con el pico lleno de pescado, sabían que regresaba a su nido. Si el pico estaba vacío, iba al mar para llenarlo.

ERROR DELIBERADO DEL GPS

Cabría suponer que el objetivo de cualquier suministrador de señales GPS (Sistema de Posicionamiento Global) es facilitar la máxima precisión. No según las fuerzas armadas estadounidenses. Desarrollado originalmente para localizar objetivos y guiar misiles, el GPS solo estuvo a disposición de los civiles gracias a una directiva del presidente Reagan, según la que debía servir al "bien común". Pero a los militares no les gustaba la idea de que sus enemigos pudieran utilizar el sistema con la misma precisión e introdujeron un error deliberado en la señal, reduciendo la precisión de 20 metros a 100 metros. La Disponibilidad Selectiva (SA por sus siglas en inglés), como se denominó esa técnica de codificación, se implementó en marzo de 1990 y afectaba a todos los GPS civiles, incluidos los buques, aviones comerciales... Solo a los usuarios autorizados (es decir, militares) se suministraban máquinas descodificadoras. Finalmente, los fabricantes de GPS desarrollaron un sistema que anulaba en gran parte la SA y entonces se comprobó que las propias fuerzas armadas utilizaban instrumentos civiles y por tanto afectados por los efectos de la SA. Luego, en mayo de 2000, el presidente Clinton ordenó su desconexión. De un plumazo, mejoró diez veces la precisión del GPS.

MEDICIÓN DE LA VELOCIDAD

Mucho antes de la aparición de los instrumentos modernos, los marinos idearon una manera fácil de medir la velocidad de su nave. En su forma más simple, consistía en atar un tronco a un cabo, arrojarlo al agua y medir la longitud del cabo soltado en un tiempo determinado. Eso daba la distancia recorrida sobre el agua durante ese tiempo y permitía calcular la velocidad. Esto se perfeccionó un poco con la introducción de la corredera en los siglos XV-XVI. Esta era esencialmente una pieza plana de madera, con un plomo a un lado y sujeta a una brida para mantenerla cabeza arriba en el agua. La corredera se ataba a un cabo con nudos cada 42 pies (12,8 m). Cuando se bajaba al agua, se daba la vuelta a un reloj de arena de 30 segundos y se aflojaba el cabo. El número de nudos soltados durante los 30" determinaba la velocidad en millas náuticas por hora. Cuando se perfeccionó la definición de la milla náutica, se cambió el espacio entre nudos a 47 pies y 3 pulgadas (14,4 m) y el período del reloj de arena pasó a ser de 28". La corredera acabó siendo sustituida por un rotor giratorio, luego por un impulsor y finalmente por sensores ultrasónicos, pero el instrumento utilizado para medir la velocidad de un barco se sigue llamando corredera y la unidad de medida es todavía el nudo.

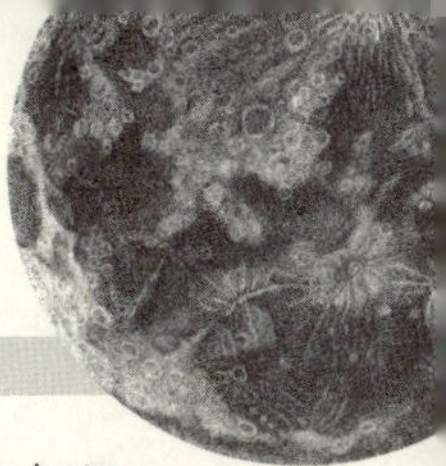

LA EXTRAORDINARIA TRAVESÍA DE MARVIN CREAMER

EN 1982 UN CATEDRÁTICO DE GEOGRAFÍA zarpó para dar la vuelta al mundo sin instrumentos de navegación. Marvin Creamer quería demostrar que los humanos modernos podían navegar por los océanos igual que los antiguos, observando la naturaleza: la forma de las olas, el color del mar, las formaciones nubosas e incluso los residuos a la deriva. En un momento dado calculó su rumbo por el crujido de una escotilla, al deducir que lo provocaban las corrientes de aire seco procedentes de la Antártida. Creamer y su tripulación regresaron a Cape May el 13 de mayo de 1984, después de 510 días en el mar, tras anticipar la llegada a tierra por una mosca doméstica que llegó a su embarcación.

RUTAS ATLÁNTICAS: ¿RÁPIDAS Y HELADAS O LENTAS Y SOLEADAS?

Es una larga travesía cruzar el Atlántico, por lo que cabría suponer que para navegar de Europa a América cualquiera elegiría la ruta más corta: hacia el norte, en dirección a Islandia, hasta Terranova tras recorrer unas 2.000 millas. El problema es que le situaría a rumbo de colisión con una serie continua de tempestades generadas por las altas presiones de las Azores. De ahí que la mayoría de los navegantes siguieran el antiguo consejo de "navegar hacia el sur hasta que se derrita la mantequilla y luego virar a la derecha". La ruta del sur, vía Canarias al Caribe, agrega casi 900 millas al recorrido, pero aprovecha al máximo los vientos alisios y puede ser más rápida. Otra alternativa es la ruta media, por las Azores y las Bermudas, evitando las peores tormentas. Puede que no se derrita la mantequilla, pero también es menos probable morir de hambre durante la travesía.

DAVID CONTRA GOLIAT

Esta es "una historia real" que circula desde hace años y tiene el atractivo de la de David y Goliat. Quienes son David y Goliat depende de en quién recaigan las simpatías. En la mayoría de las versiones, los protagonistas son estadounidenses contra canadienses; a veces, británicos contra irlandeses. Los detalles se ajustan según los prejuicios del lector.

NORTEAMERICANOS: Por favor desvíen su rumbo 15° al norte para evitar colisión.

CANADIENSES: Negativo. Por favor desvíen su rumbo 15° al sur para evitar colisión

NORTEAMERICANOS: Habla el capitán de un buque de la Armada Estadounidense. Repito, desvíen su rumbo.

CANADIENSES: No. Repito, desvíen su rumbo.

NORTEAMERICANOS: Esto es un portaaviones, el segundo más grande de la Flota Norteamericana en el Atlántico. Nos acompañan tres destructores, tres cruceros y numerosos buques de apoyo. Exijo que ustedes desvíen su rumbo 15° al norte o tomaremos medidas para garantizar la seguridad de este barco.

CANADIENSES: Esto es un faro. Ustedes mismos.

MILLAS TERRESTRES CONTRA MILLAS NÁUTICAS

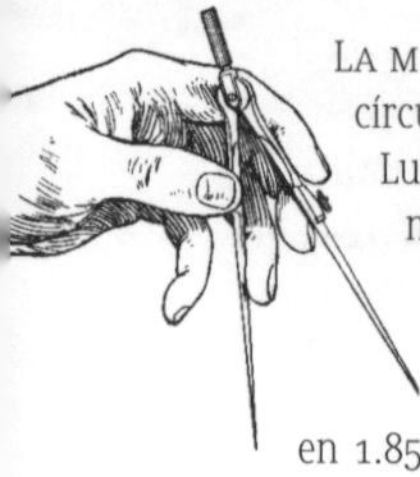

LA MILLA NÁUTICA ESTÁ DIRECTAMENTE vinculada a la forma de la Tierra. Imagine el círculo del Ecuador (o cualquier otro gran círculo del planeta) y divídalo en 360°. Luego divida cada grado en 60 minutos. Cada uno de estos minutos equivale a una milla. Esto facilita a los marinos medir distancias en las cartas de navegación, ya que los minutos de latitud están marcados en escalas a ambos lados de la carta. Con un transportador miden la distancia sobre la carta de navegación, sin necesidad de cálculo alguno. Desde 1929, la milla náutica se ha fijado en 1.852 m. La milla terrestre tiene orígenes completamente diferentes y mide unos 1.609 m. En este libro siempre que se habla de millas se trata de millas náuticas.

CARTOGRAFIAR LO DESCONOCIDO

Sin duda el Capitán Cook merecía el siguiente epitafio: "el navegante más capacitado y de mayor renombre de este o cualquier otro país". Aunque muchas de las tierras que visitó ya habían sido descubiertas por exploradores anteriores, midió y registró sus formas exactas y dibujó los primeros mapas precisos del Pacífico sur. Convirtió la confusión en orden. Las cartas de navegación que creó durante sus tres viajes a Asia Austral a bordo del HMS *Endeavour* y el HMS *Resolution*, utilizando instrumentos habituales de navegación como cuadrantes, sextantes y brújulas, eran de tal precisión que constituyeron las bases de las cartas de navegación modernas hasta bien entrado el siglo XX. Y era rápido: llegó a cartografiar los 3.900 km de la costa neozelandesa en seis meses, además de otros 3.200 km de la costa australiana en cuatro meses. Cook también cometió errores, como creer que la península de Banks era una isla y que la Isla de Stewart era una península, además de no percatarse de que Tasmania era una isla independiente.

LOS TRES VIAJES DE COOK:

- Primer viaje, en el HMS *Endeavour* 1768-1771
- Segundo viaje, en el HMS *Resolution* 1772-1775
- Tercer viaje, en el HMS *Resolution* 1776-7179

¡TOLÓN! ¡TOLÓN!

Imagine que navega junto a los Acantilados de Dover en la niebla. Su navegador por satélite se ha estropeado y precisa saber a qué distancia está de la costa. ¿Qué hacer? La solución consiste en tañer la campana del barco y cronometrar el tiempo que tarda en oír el eco. Puesto que el sonido se desplaza a 330 m por segundo, la distancia de ida y vuelta a la orilla será de 1.082 pies por segundo. De modo que si tarda tres segundos deberá ser de 3 x 1.082 pies, es decir 989 m ida y vuelta. Divida por dos y tendrá la distancia a la orilla, es decir 495 m. Fácil cuando se sabe cómo.

Piratas y contrabandistas

> **“En el servicio lícito hay pocos beneficios, salarios bajos y trabajo duro. De este lado hay abundancia y saciedad, placer y facilidad, libertad y poder. ¿Quién no encontraría más ventajas en este plato de la balanza, cuando el único riesgo que se corre, en el peor de los casos, es un paso fugaz y amargo por la horca? No, mi consigna será vivir una vida feliz y corta.”**
>
> Bartholomew Roberts, Bart el Negro

CONVENCIÓN DE LA ONU SOBRE EL DERECHO DEL MAR, 1982

Artículo 101: Definición de la piratería

«*a)* Todo acto ilegal de violencia o de detención o todo acto de depredación cometidos con un propósito personal por la tripulación o los pasajeros de un buque privado o de una aeronave privada y dirigidos:

i) Contra un buque o una aeronave en la alta mar o contra personas o bienes a bordo de ellos;

ii) Contra un buque o una aeronave, personas o bienes que se encuentren en un lugar no sometido a la jurisdicción de ningún Estado;

b) Todo acto de participación voluntaria en la utilización de un buque o de una aeronave, cuando el que lo realice tenga conocimiento de hechos que den a dicho buque o aeronave el carácter de buque o aeronave pirata;

c) Todo acto que tenga por objeto incitar a los actos definidos en el apartado a) o en el apartado b) o facilitarlos intencionalmente. [...]

Artículo 103: Definición de buque o aeronave pirata

Se consideran buque o aeronave pirata los destinados por las personas bajo cuyo mando efectivo se encuentran a cometer cualquiera de los actos a que se refiere el artículo 101. Se consideran también piratas los buques o aeronaves que hayan servido para cometer dichos actos mientras se encuentren bajo el mando de las personas culpables de esos actos. [...]

Artículo 105: Apresamiento de un buque o aeronave pirata

Todo Estado puede apresar, en la alta mar o en cualquier lugar no sometido a la jurisdicción de ningún Estado, un buque o aeronave pirata o un buque o aeronave capturado como consecuencia de actos de piratería que esté en poder de piratas, y detener a las personas e incautarse de los bienes que se encuentren a bordo. [...]

Artículo 107: Buques y aeronaves autorizados para realizar apresamientos por piratería

Solo los buques de guerra o las aeronaves militares, u otros buques o aeronaves que lleven signos claros y sean identificables como buques o aeronaves al servicio de un gobierno y estén autorizados a tal fin, podrán llevar a cabo apresamientos por causa de piratería».

LOS DIEZ PIRATAS MÁS MALVADOS

EDWARD LOW—Uno de los piratas más sádicos de todos los mares. Se cuenta que le cortó los labios a uno de sus cautivos, los cocinó y le obligó a comérselos. Atacó a cientos de barcos entre 1722 y 1724 y masacró a muchas de sus víctimas. Su destino final es incierto.

CHEUNG PO TSAI—Aunque en occidente es prácticamente desconocido, podría decirse que Po Tsai fue el pirata de mayor éxito de la historia, ya que llegó a tener una flota de centenares de barcos y unos 20.000 hombres. Aún persisten rumores sobre su tesoro oculto.

FRANÇOIS L'OLONNAIS—Pocos han sido tan crueles como este pirata francés, que torturaba y decapitaba a sus víctimas. Su propia muerte a manos de una tribu panameña fue apropiadamente violenta: le cortaron en pedacitos y se lo zamparon.

EDWARD TEACH, BARBANEGRA—Probablemente el pirata más famoso de la historia, este antiguo corsario británico fue el azote del Caribe oriental de 1716 a 1718. Cuenta la leyenda que en las batallas llevaba mechas encendidas en el pelo para atemorizar a sus adversarios. Hicieron falta más de cinco disparos y 20 puñaladas para acabar con él.

CHARLES VANE—Otro sádico, que trataba casi tan mal a sus tripulantes como a sus enemigos. Vane rechazó el perdón del rey y sobrevivió a un motín antes de ser capturado y ahorcado en Jamaica, en 1721.

FRANCIS DRAKE—Aunque en el Reino Unido se le considera un héroe por haber sido el primer británico en dar la vuelta al mundo, Drake hizo fortuna saqueando las naos españolas que transportaban oro y plata desde Sudamérica (derecha).

DANIEL MONTBARS—Conocido como *Montbars el exterminador,* este pirata francés tenía especial predilección por torturar a sus víctimas. Uno de sus trucos favoritos consistía en destripar a una víctima, clavar sus tripas a un poste y obligarles a bailar hasta la muerte.

BARTHOLOMEW ROBERTS—Este pirata galés conocido como *Bart el Negro* capturó 400 barcos en menos de cuatro años. Su muerte violenta en 1722 y la sentencia de la horca para todos sus tripulantes marcaron el final de la época dorada de la piratería.

JEIREDDÍN BARBARROJA—Este pirata inició su andadura en el Mediterráneo atacando navíos cristianos, especialmente españoles. Más adelante invadió la ciudad de Argel y con la ayuda del Imperio otomano, resistió el avance español hacia Oriente.

BENJAMIN HORNIGOLD—El hombre que había dado el primer mando de capitán pirata a Barbanegra decidió aceptar el perdón del rey en 1718 y se convirtió en cazapiratas. No logró atrapar a su principal objetivo, Charles Vane, y falleció en 1719 cuando embarrancó en un arrecife frente a las costas de México.

LAS CINCO PIRATAS MUJERES MÁS MALVADAS

CHING SHIH—Shih, una ex prostituta, tomó el mando de una flota de 50.000 piratas después de la muerte de su marido en 1807. Aunque trataba a sus víctimas con brutalidad, llegando a decapitar a muchas de ellas, insistía en un riguroso código de conducta; por ejemplo, el castigo para cualquier pirata que violara a una mujer cautiva era su ejecución.

GRACE O'MALLEY—Dirigía una infame pandilla de piratas que apresaban barcos junto a la costa occidental irlandesa, a los que ofrecían liberar a cambio de un rescate. Acabó siendo capturada por los británicos, pero llegó a un acuerdo con la reina Isabel I y regresó a Irlanda para convertirse en heroína popular.

ANNE BONNY—Cuando su primer marido se convirtió en informador, Bonny, que quería ser pirata, se unió a John *Calico Jack* Rackham. Más adelante se les unió Mary Read (abajo). Fueron capturados y condenados a muerte en 1720, pero Bonny y Read lograron eludir la horca alegando que estaban embarazadas.

MARY READ—Criada como niño, Read sirvió en el ejército como hombre, antes de licenciarse para contraer matrimonio con un compañero de armas. Cuando falleció su marido, se enroló en la marina mercante y se convirtió en pirata después de que John Rackham capturara el barco en el que navegaba. Se rumoreaba que ella y Anne Bonny eran amantes, aunque ellas lo negaran. Mary murió en la cárcel en Jamaica en 1720.

CHARLOTTE DE BERRY—Tras ser secuestrada y obligada a navegar, Charlotte de Berry organizó un motín y mató a su secuestrador. Llevó una vida de piratería, marcada por una gran crueldad.

LA OTRA PERLA NEGRA

El *Perla Negra* está moderadamente armado: 32 cañones de doce libras: 18 en la segunda cubierta y 14 en la principal, cada costado tiene una potencia de fuego de 192 libras repartidas entre 16 cañones. Curiosamente, el *Perla* no tiene cañones de persecución a proa ni a popa (usados cuando se huye o se persigue, ya que no pueden utilizarse los de los costados en dicho caso), muy inusual en un barco pirata, que le causa una grave desventaja táctica en una persecución; el *Perla* no puede disparar al barco que persigue ni responder al fuego. Su alta velocidad compensa parcialmente esta limitación. [...] Lleva foque, trinquetilla de proa, trinquete, gavia de proa, juanete de proa, vela mayor, gavia, juanete, vela latina de mesana, gavia de mesana, trinquetilla mayor, trinquetilla de mastelerillo mayor, trinquetilla de palo mayor. Se desconoce si posee velas de montante.

Fuente: www.theblack-pearl.com/Black%20Pearl.html

«Avast»

Aunque en la actualidad asociado por completo al "lenguaje pirata", *avast* (forte) es un término náutico arcaico que significa "¡basta!". Se supone que procede de la expresión holandesa *houd vast* ("sujetar").

PIRATAS DEL SIGLO XXI

Puede que los piratas modernos no tengan patas de palo ni lleven un loro al hombro, pero son tan peligrosos como los antiguos. En su mayoría utilizan lanchas rápidas y atacan buques mercantes con rifles, torpedos y cohetes lanzagranadas. Sus objetivos son el equipamiento del buque y el dinero que lleve a bordo, aunque se dedican cada vez más al secuestro del barco y la exigencia de un rescate. Según la Oficina Marítima Internacional, 439 buques fueron atacados en 2011, de los cuales 45 fueron secuestrados y 800 tripulantes capturados como rehenes. Ocho tripulantes fueron asesinados. La zona más peligrosa es la costa de Somalia y del mar Rojo, donde se perpetraron 236 ataques. La Armada Estadounidense ha encabezado un esfuerzo internacional para acabar con sus actividades, y capturó por lo menos 20 buques base solo en 2011. A pesar de dichos esfuerzos, a mitad de 2012 los piratas somalíes retenían 11 barcos y 174 tripulantes como rehenes.

LOS 12 PRINCIPALES CONTRABANDISTAS MODERNOS

Las mercancías y los métodos han cambiado, pero el contrabando sigue siendo un gran negocio. Armas y drogas son sus principales mercancías y los barcos de contenedores con banderas de conveniencia su método predilecto. Los países que poseen la mayoría de los barcos denunciados por contrabando se detallan a continuación, así como su porcentaje de dicho total, con su total de navegación mercante entre paréntesis. En el mejor de los casos, ambas cifras deberían ser idénticas, pero algunos países muestran un grave desequilibrio.

ALEMANIA – 19,5% (7,1%)
GRECIA – 10,6% (8,2%)
EEUU – 7,8% (4,3%)
COREA DEL NORTE – 4,8% (0,1%)
PANAMÁ – 4,3% (0,1%)
IRÁN – 3% (0,5%)
NORUEGA – 2,4% (4,6%)
RUSIA – 2,4% (6%)
BELICE – 1,9% (0,01%)
PAÍSES BAJOS – 1,9% (2%)
DINAMARCA – 1,7% (2%)
JAPÓN – 1,7% (8,4%)

Fuente: Instituto Internacional de Investigación sobre la Paz de Estocolmo (SIPRI)

CAOS EN MALACA

Desde hace mucho tiempo, el estrecho de Malaca ha sido una vital arteria comercial entre el Índico y el Pacífico, que vincula países como India, China, Japón y Corea del Sur. Esta convergencia de riqueza, en un tramo marino de menos de 3 millas en su punto más angosto, lo ha convertido en un objetivo para los piratas. El problema estalló en los siglos XVIII y XIX con la llegada de los comerciantes europeos, convirtiendo este estrecho en una de las zonas de navegación más temidas del mundo. El estrecho juega aún un importante papel en el comercio moderno, con el paso de más de 50.000 buques todos los años. Y hasta hace muy poco la piratería estaba muy extendida. La Oficina Marítima Internacional denunció 220 ataques en el 2000, incluido un ataque suicida de Al Qaeda en el que murieron 17 marinos de EEUU. Sin embargo, en 2004 se creó la Patrulla de los Estrechos de Malaca para erradicar el problema y en 2011 se denunció un solo caso.

COMPRUEBE SU BANDERA

Entre los 439 barcos atacados por piratas en 2011, estos fueron los objetivos más populares:

Bandera

PANAMÁ – 71 ataques
LIBERIA – 57 ataques
ISLAS MARSHALL – 45 ataques
SINGAPUR – 32 ataques
MALTA – 25 ataques
HONG KONG – 21 ataques
ANTIGUA Y BARBUDA – 16 ataques
MALASIA – 14 ataques

Fuente: Oficina Marítima Internacional

País propietario

SINGAPUR – 65 ataques
ALEMANIA – 64 ataques
GRECIA – 58 ataques
HONG KONG – 27 ataques
JAPÓN – 19 ataques
MALASIA – 17 ataques
INDIA – 14 ataques
EMIRATOS (EAU)/REINO UNIDO/CHINA /DINAMARCA – 12 ataques cada uno

«*Shiver me timbers* (tiembla el esqueleto)»

Exclamación de sorpresa. Existe poco consenso en cuanto a su origen, pero parece estar relacionada con el estremecimiento de las cuadernas de un barco en una tormenta. Puesto que las cuadernas equivalen al esqueleto de un buque, puede también referirse al traqueteo de los huesos provocado por el miedo: explicación propia de la piratería. Fue popularizada por Long John Silver en *La isla del tesoro,* donde utiliza la expresión siete veces y recuperada por Tom Waits en su canción *Shiver Me Timbers.*

LA FUERZA DE LA PROHIBICIÓN

Los años de la prohibición (1920-33) en Estados Unidos fueron un período de auge para los contrabandistas americanos. Puesto que la ley solo era aplicable a las 3 millas de aguas territoriales de la costa de EEUU, era legal que los barcos fondearan más allá de dicho límite con sus bodegas cargadas de alcohol, que pequeñas lanchas rápidas transportaban a la costa. Había docenas de embarcaciones fondeadas junto a Nueva Jersey. Algunas ofrecían a sus clientes diversión a bordo, prostitutas incluidas. Al principio la bebida predilecta era ron caribeño, pero pronto se percataron que podían aumentar sus beneficios si transportaban licores más caros como whisky, ginebra y champán desde Canadá y Europa. Comprensiblemente, no todo era fiesta. Había mucha competencia entre contrabandistas, que no tenían reparos en saquear los barcos de sus rivales, en lugar de navegar hasta puertos lejanos para reponer sus existencias. Cuando el límite de las aguas territoriales aumentó a 12 millas, precisaron mayores embarcaciones para actuar como barcos nodriza y el trasporte a tierra pasó a ser más arriesgado. Aumentó el precio de la bebida de contrabando y los beneficios de los transportistas crecieron proporcionalmente.

¿EL VERDADERO McCOY?

El "corredor de ron" más famoso de la Prohibición fue un personaje llamado William McCoy, que era abstemio. William y su hermano Ben optaron por el contrabando, cuando sus astilleros en Florida quebraron. Al ver una oportunidad, vendieron su negocio y compraron una goleta de 90 pies llamada *Henry L. Marshall,* que llenaron de bebida en las Bahamas y fondearon junto a la costa de Georgia. Tan bien fue el negocio que no tardaron en comprar una goleta de 130 pies llamada *Tomoka,* que hizo varios viajes a la "hilera del ron"[1] durante 1922 y 1923. A pesar de la naturaleza casi ilegal de su negocio, McCoy tenía la fama de ser un comerciante honrado, que nunca aguaba el alcohol ni se confabuló con las bandas de delincuentes que dominaban el comercio. Algunos aseguran que esta es la fuente de la expresión "el genuino McCoy". McCoy y su barco fueron capturados por los Guardacostas Norteamericanos junto a la costa de Nueva Jersey en noviembre de 1923, y fue condenado a nueve meses de cárcel. Después de cumplir su condena, invirtió en propiedad inmobiliaria y se dice que se convirtió en pintor.

1. Se llamaba así al conjunto de barcos fondeados en el límite de las aguas territoriales. *(N. del E.)*

EL CÓDIGO DE CONDUCTA DE LOS PIRATAS

- Cada hombre un voto en asuntos vigentes.
- Todo hombre tiene igual derecho en el reparto de provisiones frescas y licores, salvo cuando por escasez y por el bien de todos se vote una racionalización.
- Si alguien defrauda a la compañía por valor de un dólar en moneda, joyas o dinero, este será abandonado en una isla desierta.
- Si un hombre defrauda a otro, se le partirán las orejas y la nariz y será abandonado donde con seguridad encuentre dificultades.
- Nadie apostará dinero a los naipes ni a los dados.
- Las luces y las velas se apagarán a las ocho de la noche. Si a algún tripulante le apetece beber después de dicha hora, lo hará en cubierta.
- Se mantendrán el arma, la pistola y el alfanje limpios y listos para el servicio.
- Ningún niño ni ninguna mujer permitidos a bordo. Si se descubre a alguien seduciendo a una persona del sexo opuesto, que haya escabullido a bordo disfrazada, será ejecutado.
- Cualquiera que deserte el barco o su puesto en combate será ejecutado o abandonado en una isla desierta.
- Prohibido pelearse a bordo, pero todas las disputas se dirimirán en tierra con espada y pistola.
- Nadie hablará de interrumpir este estilo de vida hasta que todos posean mil libras esterlinas.
- Si alguien pierde una extremidad o queda tullido en acto de servicio, recibirá 200 libras esterlinas del fondo común o una parte proporcional por heridas menores.
- El capitán y el intendente recibirán dos partes del premio; el piloto, el contramaestre y el jefe artillero, una parte y media, y los demás oficiales una y cuarto.
- Los músicos descansarán el sábado, pero no los otros seis días y noches sin un permiso especial.

Basado en "Los Artículos de Bartholomew Roberts", como se detallan en *Una historia general de los robos y asesinatos de los piratas más destacados,* del capitán Charles Johnson, publicado en 1724.

CONTRABANDISTA FUNDADOR

Existe una larga tradición de contrabandistas en EEUU, donde algunos los consideran como los comerciantes libres por excelencia. De hecho, uno de los Padres Fundadores fue el rico comerciante John Hancock, que desacataba los impuestos británicos traficando con productos como té y melaza con su flota. Hancock fue uno de los instigadores del Boston Tea Party y su ostentosa rúbrica encabeza la lista original de la Declaración de Independencia.

EL REY DE PRUSIA

John Carter no era un contrabandista habitual. En primer lugar, era un metodista estricto, y blasfemar estaba prohibido en todos sus barcos. Sin embargo, él y sus hermanos Harry y Charles estaban entre los contrabandistas de mayor éxito en Cornualles a finales de 1700 y principios de 1800. Apodado "el rey de Prusia" en juegos infantiles, Carter operaba desde tres calas al este de Penzance, una de ellas rebautizada con el nombre de Prusia en su honor. Los hermanos solían navegar a Francia, aunque por lo menos en una ocasión tuvieron un tropiezo con la ley. A pesar de ello, su honradez era legendaria. En una ocasión, John Carter entró clandestinamente en el edificio de Aduanas de Penzance, para recuperar un cargamento de té confiscado por los aduaneros. Sin embargo, no tocó ningún producto confiscado a otros contrabandistas, por lo cual los aduaneros se percataron inmediatamente de que había sido "el honrado John".

EL DIABLO VISTE DE NEGRO (Y ROJO)

UNO DE LOS INGREDIENTES CLÁSICOS de los piratas de Hollywood es la bandera negra con una calavera y huesos cruzados en blanco. Sin embargo, durante la era dorada de la piratería, los piratas izaban diversas banderas, individualmente diseñadas para atemorizar a sus rivales. La mayoría eran de dos colores: rojo, que significaba que el atacante no tendría compasión, y negro como símbolo de la muerte. Se utilizaban diversos motivos, si bien los más comunes eran esqueletos, corazones sangrantes, relojes de arena (símbolos de la muerte), alfanjes y, naturalmente, calaveras y huesos cruzados. Parece que quien ondeó originalmente esta bandera fue el pirata irlandés Edward England, mientras que la calavera y los sables cruzados que aparecen en *Los piratas del Caribe* perteneció a Calico Jack Rackham. El nombre Jolly Roger (bandera pirata en inglés) pudo tener su origen en la insignia roja que izaban los barcos de combate como exhibición de fuerza y que los franceses llamaban irónicamente *Jolie Rouge* (linda roja).

> **Sí, me arrepiento sinceramente, me arrepiento de no haber causado más daños y de no haber degollado a quienes nos apresaron y lamento profundamente que no os ahorquen como a nosotros.**
>
> Un pirata anónimo antes de ser ejecutado, citado en *Una historia general de los robos y asesinatos de los piratas más destacados,* del capitán Charles Johnson, publicado en 1724.

¿CAMINÓ ALGUIEN REALMENTE POR LA TABLA?

SEGÚN LA LEYENDA, los piratas obligaban a sus prisioneros a caminar por una tabla hasta que caían al mar, de modo que pudieran evitar la acusación de asesinato. La idea era que las víctimas fueran devoradas por los tiburones o se les amarraban piedras para que se hundieran al fondo y se ahogaran. Hay pocos relatos fiables de que tal cosa tuviera lugar y parece improbable que un tribunal de justicia aceptara la defensa de "suicidio". Sin embargo, obligar a los prisioneros a caminar por la tabla queda espectacular en el cine.

2.825 MILLAS EN UN BOTE ABIERTO

Los héroes populares son variopintos, pero Mary Bryant, personaje muy célebre de Cornualles, es poco corriente. Condenada por asalto y robo en 1786, fue condenada a siete años en la colonia penal de Australia. Durante la travesía de ida dio a luz a una hija llamada Charlotte (en honor al buque en el que navegaba) y conoció a su futuro marido, el pescador de Cornualles William Bryant, con quien tuvo otro hijo. Después de tres años en Australia, la pareja, junto con sus dos hijos y siete convictos, protagonizaron una intrépida huida cuando navegaron de Port Jackson hasta Timor Oriental en un bote abierto: 2.825 millas en 69 días. Esa travesía constituyó un reto en todos los sentidos como la del capitán Blight, que había llegado a Timor Oriental dos años antes. Los Bryant y los demás convictos fueron capturados de nuevo por los holandeses, que los devolvieron a Gran Bretaña, pero William y los dos menores murieron de una fiebre en el viaje. Mary fue condenada a un año más de cárcel, pero finalmente fue perdonada gracias al clamor popular contra la sentencia.

Receta de ponche pirata tradicional

Una de agrio, dos de dulce
tres de fuerte y cuatro de suave,
unas gotas de amargo y una pizca de especia,
servir bien frío con abundante hielo.

O, para ser más precisos:

Una taza de zumo de lima, dos tazas de almíbar,
tres tazas de ron negro y cuatro tazas de té,
unas gotas de Angostura y una pizca de nuez moscada,
servir bien frío con abundante hielo.

> **Lamento verte aquí, pero si hubieras luchado como un hombre, no tendrías por qué estar ahorcado como un perro.**
>
> Anne Bonny a John *Calico Jack* Rackham antes de su ejecución. Cuando la Armada Británica alcanzó por fin a Rackham y sus secuaces, se dice que solo Bonny y Mary Read ofrecieron resistencia, el resto de los tripulantes estaban demasiado borrachos para luchar.

¡IDENTIFÍQUESE EL TEMIBLE PIRATA VERDADERO!

Tal petición es imposible, pues como cualquiera que haya leído la novela *La princesa prometida* de William Goldman sabe, el temible pirata Roberts no es un personaje real: en realidad es un nombre de guerra transmitido en secreto de un individuo a otro. Tan aterradora era la reputación del avatar, que quien ostentara el título podía saquear y desvalijar a su antojo. Cuando se cansaba de la piratería, el titular elegía a su sucesor. Se despedía a la tripulación, el viejo Roberts cedía el mando al sucesor y se reclutaba una nueva tripulación. Él seguía a bordo como primer oficial el tiempo necesario para asegurarse de que la nueva tripulación se había tragado el fraude y luego se escabullía para gozar de sus ganancias. En el punto de la acción de los piratas en la novela de Goldman, han existido ya cuatro encarnaciones del temible pirata: el Roberts original, retirado 15 años antes, Clooney, el primer oficial del Roberts original, Cummerbund y Ryan. Westley, el protagonista de la novela, es el quinto temible pirata Roberts, aunque no queda claro quién le sucede.

LOS PIRATAS EN SHAKESPEARE

"El pirata shakespeariano [...] debe entenderse finalmente como una metáfora de la intrusión de una justa Providencia en los asuntos humanos, en realidad un símbolo del gobierno activo de Dios del escenario mundial".

"Shakespeare y los piratas" de Richard S. Ide en la *Revista de investigación del estado de Iowa*, 58, 1984

EL VERDADERO ROBINSON CRUSOE

La prueba de que la realidad supera la ficción está en la increíble historia del escocés Alexander Selkirk. A los 19 años se embarcó en busca de fortuna en un barco corsario, que era en realidad un buque pirata pagado por el rey para atacar a sus enemigos. En 1704, después de un desastroso encuentro con los españoles a bordo del galeón de 16 cañones *Cinque Ports,* decidió que el barco no era seguro y exigió que le dejaran en tierra en la siguiente isla. Así pues desembarcó en Más a Tierra, una isla desierta a 400 millas de la costa peruana, con un poco de ropa, un mosquetón, unas pocas herramientas y una Biblia. Aprendió a vivir de su ingenio, buscándose la comida, cazando cabras, construyendo cabañas con árboles de pimiento y confeccionando ropa con pieles de cabra. Fue rescatado cuatro años después por otro corsario, que le concedió su propio mando, y siguió atacando barcos españoles cargados de tesoros, hasta su regreso a Inglaterra tras dos años. Su historia fue ampliamente divulgada y convertida en un superventas por Daniel Defoe, que lo inmortalizó como Robinson Crusoe. Su decisión de abandonar el barco fue ratificada cuando naufragó el *Cinque Ports* y fallecieron todos sus tripulantes, salvo el capitán y otros siete hombres que fueron capturados y encarcelados en Perú.

"Había una sola línea de lápiz azul
a lo largo de todas las paredes de la casa.
¿Qué significa?, pregunté.
Un pirata necesita ver el mar,
respondió y se bajó el parche del ojo,
dio media vuelta y zarpó."

Story People: Selección de historias e ilustraciones de Brian Andreas, 1997

Peces y pescadores

CONVENCIÓN DE LA ONU SOBRE EL DERECHO DEL MAR, 1982

Artículo 119: Conservación de los recursos vivos en alta mar
«1. Para determinar las capturas permitidas y establecer medidas de conservación para los recursos vivos en alta mar, los Estados deberán:

(a) tomar medidas diseñadas, en base a las mejores pruebas científicas disponibles en los países concernientes, para conservar o restaurar las especies capturadas a niveles que puedan producir el máximo rendimiento sostenible, determinado por los factores ambientales y económicos relevantes, incluidos los requisitos especiales de estados en vías de desarrollo y teniendo en cuenta las pautas pesqueras, la interdependencia de las existencias y los niveles mínimos internacionales generalmente recomendados, tanto subregionales, regionales como globales;

(b) tener en cuenta los efectos sobre especies asociadas con o dependientes de las especies capturadas, con miras a conservar o restaurar las poblaciones de dichas especies sobre unos niveles en los que su reproducción pudiera verse gravemente amenazada.

2. Se aportará e intercambiará regularmente la información científica disponible, la estadística de capturas y esfuerzo pesquero, así como otros datos pertinentes a la conservación de las reservas marinas, tanto a nivel subregional, regional como global donde corresponda y con la participación de todos los estados concernientes.
3. Los estados concernientes se asegurarán de que las medidas de conservación y su implementación no discriminen de forma ni de hecho contra los pescadores de ningún estado.»

Los diez primeros captores de peces

China	9,9 millones
Perú	8,3 millones
EEUU	4,9 millones
Japón	4,4 millones
Chile	4,2 millones
Indonesia	4,2 millones
India	3,4 millones
Rusia	3,1millones
Tailandia	2,6 millones
Noruega	2,6 millones

Cifras en toneladas métricas

Los diez primeros consumidores de pescado

China	13,6 millones
Japón	9 millones
EEUU	4,7 millones
Indonesia	3,6 millones
India	3,1 millones
Corea del Sur	2,7 millones
Tailandia	2,4 millones
Rusia	2,1 millones
Filipinas	2,1 millones
Nigeria	1,8 millones

Cifras en toneladas métricas

Fuente: Centro Pesquero Universidad de Columbia Británica

CABALLITOS DE MAR: ¿AMOR PARA TODA LA VIDA?

La idea de que los caballitos de mar son monógamos y se aparean para toda la vida es muy romántica, pero, casi con toda certeza, no es verdad. El origen de esta historia es un estudio de una especie determinada de caballitos de mar, *Hippocampus whitei*, a lo largo de un ciclo reproductivo. Estudios de otras especies de caballitos de mar sugieren que algunos, como los *Hippocampus breviceps*, se reproducen en grupos y se aparean con cualquier individuo disponible. El tamaño parece ser el mayor atractivo y si un macho encuentra una hembra de mayor tamaño entre partos, cambia presto de pareja. Incluso los *Hippocampus whitei* se cree ahora que cambian de pareja. Cuando los caballitos de mar se han apareado, emprenden un prolongado ritual romántico de varios días que culmina en una danza nupcial, que incluye enlazar sus colas y "besarse" los hocicos. La hembra deposita centenares de huevos en la bolsa del macho, que los transporta durante varias semanas antes de dar a luz a caballitos de mar enteramente formados. Solo unos cinco entre mil sobrevivirán hasta ser adultos. A las pocas horas del parto, el macho está listo para procrear de nuevo.

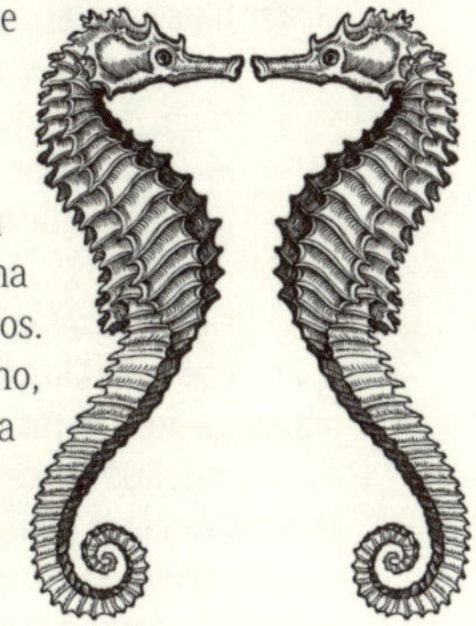

GRANDE COMO UN COCHE

A pesar de la mejorada tecnología pesquera y la proliferación de la pesca de grandes piezas como deporte, el récord de la mayor pieza cobrada, un marlín negro, se remonta a 1953, cuando Alfred C. Glassnell Jr. pescó uno de 1.560 libras (708 kg) junto a Cabo Blanco, en Perú. Solo para hacerse una idea, 1.500 libras es el peso de un oso polar o el de un pequeño coche como el Triumph Spitfire.

EL OFICIO MÁS MORTÍFERO

La pesca marina es en España una de las actividades económicas con mayores tasas de siniestralidad laboral. En 2013 el índice de incidencia de accidentes de trabajo mortales en jornada de trabajo fue de 31,2 por cada 100.000 trabajadores, muy por encima de la media del total de actividades (3,33) y de la construcción (8,89). Los accidentes más frecuentes fueron: hundimientos, con un 34%, seguido de accidentes operacionales, con un 18%, y abordajes, con un 17%. La zona donde ocurrieron más siniestros fue Galicia (33%), seguido del Mar Mediterráneo (25%), a continuación el Mar Cantábrico (14%) y África (10%). El 45% de los buques implicados en los accidentes se dedicaba a la pesca local, el 29% a la de litoral y el 21% a la pesca de altura o gran altura.

Instituto Nacional de Seguridad e Higiene en el Trabajo, Ministerio español de Empleo y Seguridad Social

EL AÑO EN QUE NADIE MURIÓ

El año 2008 fue especial para Islandia: fue el primero desde que se iniciaron los registros —y probablemente desde la llegada de los primeros pobladores, hace más de mil años— en que no consta ninguna muerte en el mar. Se calcula que en el último siglo, unas 4.000 personas han fallecido en el mar en Islandia; una media de 40 por año, o más de tres mensuales. La mejora de las cifras se atribuye a mayores medidas de seguridad y a la construcción perfeccionada de las embarcaciones, así como al hecho de que hay menos pescadores que antes.

¿ES NEMO UNA HEMBRA?

La película *Buscando a Nemo* popularizó al colorido pez payaso hasta el punto que las ventas de dicha especie se triplicaron después del lanzamiento de la película en 2003. Mucho menos conocido es que todos los peces payaso nacen machos, pero aspiran a convertirse en hembras. Sin embargo, cuando se convierten en hembras, no hay vuelta atrás. Funciona más o menos así: los peces payaso viven en harenes alrededor de una anémona anfitriona. Cada harén está gobernado por una gran hembra que se aparea con el macho dominante. Si la gobernadora muere, el macho dominante se convierte en hembra, al tiempo que aumenta de tamaño. El macho juvenil de mayor tamaño se convierte entonces en el dominante y se aparea con el anterior macho dominante, que ahora es hembra. Aunque hablando con propiedad Nemo es un "falso" pez payaso *(Maphiprion ocellaris)*, que es sutilmente diferente del "auténtico" pez payaso *(Amphiprion percula)*, es también hermafrodita, lo que significa que puede convertirse en hembra.

CADA ESCAMA CUENTA UNA HISTORIA

Todo el mundo sabe que se conoce la edad de un árbol contando el número de anillos de crecimiento en su tronco, pero ¿cómo se sabe la edad de un pez? Curiosamente, del mismo modo. Los peces experimentan pautas de crecimiento estacionales, de mayor crecimiento en los meses de verano que en invierno. Puesto que sus escamas crecen de forma proporcional al resto de sus cuerpos, esas pautas son visibles como anillos de crecimiento en sus escamas. Durante los períodos de crecimiento rápido, el espacio entre anillos es amplio, mientras que en períodos de crecimiento lento se oscurecen y reducen su separación. Por tanto, cada conjunto de anillos representa un año de vida del pez. Antony van Leeuwenhoek lo descubrió en 1684, pero no fue ampliamente aceptado hasta finales del siglo XIX.

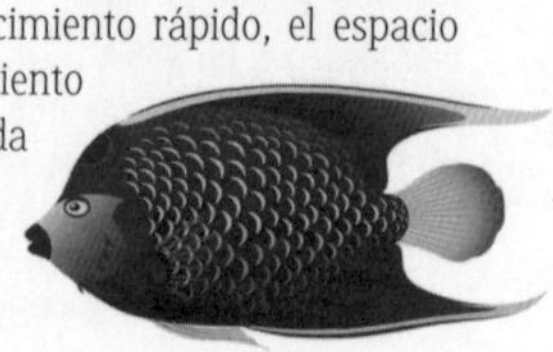

Una breve historia del bacalao

800 – Los vikingos se dirigen al sur de Europa y empiezan el comercio del bacalao seco.

1300 – La Liga Hanseática controla el comercio del bacalao seco en el norte de Europa.

1400 – Pescadores portugueses descubren bancos de bacalao junto a Terranova, probablemente con anterioridad al "descubrimiento" de América por John Cabot.

1700 – Se establecen flotas pesqueras en Gloucester, Salem, Dorchester y Marblehead en Massachusetts, que conducen a la creación de la "aristocracia bacaladera".

1763 – El primer ministro británico William Pitt el Viejo critica la decisión de conceder a Francia derechos pesqueros en Terranova y describe el bacalao como "oro británico".

1951 – Con mejoras tecnológicas como el sonar, los barcos pueden pescar a mayor profundidad, más lejos y durante más tiempo, lo que conduce a la "pesca industrial".

1968 – Su pesca en Terranova alcanza las 735.000 Tn.

1970 – Las denominadas "guerras del bacalao" entre Islandia y Reino Unido sobre derechos pesqueros en el Atlántico norte provocan embestidas y sabotajes. Finalmente el Reino Unido abandona sus exigencias.

1983 – La UE introduce cuotas pesqueras por especies, incluido el bacalao.

1992 – Canadá prohíbe la pesca del bacalao en los Grandes Bancos.

2000 – El Fondo Mundial de la Vida Salvaje lo introduce en la lista de Especies en Peligro de Extinción.

HOMBRE DE HIERRO

Los pescadores son de consabida resistencia, pero pocos son más resistentes que el legendario Howard Blackburn. El pescador de Massachusetts faenaba en un bote en los Grandes Bancos en 1883, cuando él y su compañero perdieron de vista su buque nodriza, la goleta *Grace L Fears,* durante una ventisca. Bogó cinco días en su bote abierto de 19 pies hasta alcanzar la costa. Tras perder por la borda sus gruesos guantes de pesca, siguió adelante congelándose deliberadamente las manos en forma de garfios para sujetar los remos. "Es sorprendente la rapidez con que la carne muerta se desintegra al frotarla con fuerza", dijo. "En poco tiempo parecía que sujetaba los remos solo con los huesos y los músculos". Cuando alcanzó la orilla había perdido todos los dedos y ambos pulgares hasta la primera articulación, así como un dedo de los pies. Su compañero de pesca murió en el camino. Se convirtió en un héroe en su ciudad de Gloucester, Massachusetts, y abrió un próspero bar. Más adelante cruzó el Atlántico dos veces en solitario, estableciendo un nuevo récord de 39 días en 1901. Estuvo a punto de morir en su tercer intento. Parece que algunos nunca aprenden.

LA MILLA DE HEMINGWAY

Ernest Hemingway amaba la pesca y le encantaba Cuba, donde vivió a temporadas durante más de veinte años. Por tanto, ¿qué mejor forma de honrar su memoria que con la creación de una competición pesquera junto a La Habana que lleve su nombre? El primer Torneo Internacional Hemingway de Pesca Deportiva se celebró en mayo de 1950 y se ha repetido todos los años, salvo en 1961 y 1962, cuando la tensión entre Cuba y EEUU estaba en su apogeo. Como era de esperar en un acontecimiento bautizado con el nombre del autor de *El viejo y el mar*, se compite por pesca deportiva mayor, como la aguja, el pez vela y el atún; aunque hoy las capturas se devuelven al mar, algo de lo que Hemingway se habría burlado. El autor no solo accedió a prestar su nombre a la prueba, sino que ganó las tres primeras con su embarcación *Pilar*. Fidel Castro, lo ganó en 1960.

COMANDO DELFINES

Los delfines han sido considerados desde hace tiempo como los mejores amigos del marinero y abundan los relatos sobre rescates de tripulaciones y barcos guiados a puerto seguro. La armada de EEUU aprovechó esta colaboración durante la guerra de Iraq: entrenó un grupo de delfines mulares para localizar minas en el golfo Pérsico. El sonar de estos animales es tan agudo, que detectan las minas incluso cuando están enterradas en el fondo marino junto a otros escombros; algo imposible para ningún aparato. Cuando localizan las minas, los delfines sueltan un transpondedor para que sus colegas humanos puedan localizarlas. Y todo a cambio de unos trozos de pescado. La armada también utilizó leones marinos para recuperar material militar, sujetar aparatos y detectar buzos intrusos. ¿Relación simbiótica o explotación de animales?

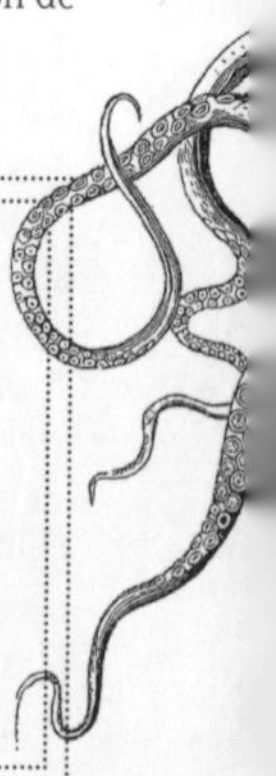

«Arenque rojo»

Los orígenes de este modismo [*red herring:* 'pista falsa', en inglés] suelen atribuirse a la práctica de usar arenque para enmascarar un rastro determinado en el entrenamiento de perros de caza, con la idea de enseñar a los perros que no se distraigan del auténtico rastro. Sin embargo lo más probable es que el autor William Cobbet utilizara esta técnica de entrenamiento como metáfora en su Registro Político en 1807 y desde entonces se ha tomado de forma excesivamente literal.

CÓMO CONSTRUYERON UNOS MOLUSCOS EL TÚNEL DEL CANAL DE LA MANCHA

Podemos agradecer la construcción del Eurotúnel a la destructiva conducta de un diminuto molusco. Marc Isambard Brunel observaba al *Teredo navalis,* un molusco parecido a un gusano que perfora los barcos de madera, y se le ocurrió un método innovador para perforar un túnel en terreno blando. Brunel se percató de que a la vez que el teredo se comía la madera, excretaba una sustancia que forraba el túnel a su espalda e imitó dicha técnica creando un revestimiento de secciones desmontables, que se movían hacia delante conforme avanzaba la perforación y se rellenaban y enladrillaban por detrás. Este método se utilizó por primera vez en 1805 en el Túnel del Támesis en Rotherhithe, Reino Unido, y después en el Túnel del Canal de la Mancha, salvo que en lugar de picos se utilizaron cuatro taladradoras mecánicas de 27 pies (8,2 m) de diámetro.

¡VAYA MONSTRUOSO MOLUSCO!

"Ante mis ojos había un monstruo horrible, digno de figurar en las leyendas de lo maravilloso. Era una jibia descomunal, de ocho yardas de longitud. Nadaba transversalmente a gran velocidad en dirección al *Nautilus,* mientras nos observaba con sus enormes ojos verdes. Sus ocho brazos, o mejor dicho pies, que han dado el nombre de cefalópodos a estos animales, eran dos veces más largos que su cuerpo y estaban retorcidos como el pelo de las furias. Podían verse los 250 orificios en el lado interior de los tentáculos. La boca del monstruo, un pico óseo como el de un loro, se abría y cerraba verticalmente. Su lengua, una sustancia astada provista de varias hileras de dientes afilados, salía vibrando de ese verdadero par de cizallas. ¡Menudo fenómeno de la naturaleza, un pico de pájaro en un molusco! Su cuerpo fusiforme formaba una masa carnosa de unas 4.000 a 5.000 libras, cuyo color cambiaba con gran rapidez, según el nivel de irritación del animal, oscilando entre gris lívido y castaño rojizo. ¿Qué irritaba a ese molusco? Indudablemente la presencia del *Nautilus,* más formidable que él, donde no podía aplicar sus ventosas ni hincar sus dientes. Sin embargo, ¡vaya monstruos esos pulpos! ¡De menuda vitalidad les ha dotado el Creador! ¡Menudo vigor en sus movimientos! ¡Y poseen tres corazones! El destino nos había conducido ante esa jibia y no quise desperdiciar la oportunidad de estudiar atentamente esa especie de cefalópodos. Me sobrepuse al horror que me inspiraba, cogí un lápiz y empecé a dibujarlo".

Fuente: *Veinte mil leguas de viaje submarino,* Julio Verne, 1869

Diez peces en mayor peligro de extinción

Según la "lista roja" publicada por la Unión Internacional para la Conservación de la Naturaleza, 1.414 especies de peces, o el 5% de todas las especies, están en riesgo de extinción. Esto se debe sobre todo a la pesca excesiva o a la destrucción del hábitat. He aquí algunos de los peces más conocidos:

Atún rojo: Apreciado en exceso en Japón, donde un atún puede alcanzar los 68.000 €, las reservas se han desplomado un 85% en 36 años, dejándolo al borde de la extinción.

Ballena azul: El animal más grande del mundo (de todos los tiempos). Solían existir hasta 220.000, pero según la mayoría de las estimaciones ahora quedan menos de 5.000.

Delfín de Héctor: El delfín más pequeño, de 4 pies (1,2 m) de largo, es ahora también el más raro, con solo 7.000 ejemplares. Se les captura accidentalmente con la red de arrastre.

Fletán: El fletán puede alcanzar hasta 9 pies (2,7 m) de longitud y vivir hasta 50 años. (EEUU ha prohibido su pesca en aguas costeras, pero a menudo mueren por captura accidental.)

Mero guasa: Pez de gran tamaño con un corto ciclo reproductivo, que puede vivir hasta 40 años. (Su pesca está prohibida en EEUU.)

Anguila europea: Aunque nacidas en el mar, pasan la mayor parte de su vida en agua dulce antes de volver al mar para desovar. Se las suele capturar a medio camino.

Esturión beluga: El beluga, oriundo del mar Caspio, produce el caviar más caro del mundo. Su pesca excesiva significa que ahora está en riesgo de extinción.

Raya de Malta: Antes abundante en todo el Mediterráneo, se encuentra ahora sobre todo en el estrecho de Mesina. A menudo es víctima de la pesca accidental y devuelta muerta al mar.

Tiburón ángel: El angelote, más parecido a una enorme raya que a un tiburón, se cree extinguido en el Atlántico y el Mediterráneo, y severamente amenazado en otros lugares.

Raya manchada americana: Oriundo de la costa atlántica del norte de EEUU, se dice que su población adulta ha decrecido en un 90% desde los años setenta.

LISTA ROJA DE GREENPEACE

Greenpeace Internacional ha creado su propia "lista roja" de pescados "que se venden comúnmente en supermercados de todo el mundo y con gran riesgo de proceder de fuentes insostenibles". Incluyen: rape, atún, bacalao del Atlántico, tiburón, merluza, merluza de cola, fletán, fletán negro, pez vela, platija, salmón del Atlántico, langostino, rayas, lenguado, pez espada y gallinetas. Ver www.greenpeace.org.

Costas y océanos

¿CÓMO DE SALADO ES EL MAR?

El contenido medio de sal en el agua del mar es del 3,5%. Sin embargo, su salinidad varía de un lugar a otro, en particular en masas de agua aisladas. El mar Muerto tiene el contenido de sal más alto, con un asombroso 33% en ciertos lugares, mientras que el del mar Báltico es el más bajo, con una media de 0,5%. A mayor contenido de sal, mayor sustentación hidráulica, por eso es tan fácil flotar en el mar Muerto; y los escandinavos son tan buenos nadadores (es broma). Según la Administración Nacional Oceánica y Atmosférica, si se extrajera toda la sal del mar y se espolvoreara sobre la tierra, formaría una capa de más de 500 pies (150 m) de espesor: la altura de un edificio de 40 pisos. Puede comprobarse la diferencia entre agua salada y la dulce, dejando que se evapore al sol un recipiente de cada una de ellas. De un pie cúbico (0,03 m^3) de agua marina se obtendrán 2,2 libras (1 kg) de sal; y solo 0,03 onzas (1 g) con la misma cantidad de agua dulce.

LOS OCÉANOS HABLAN POR SÍ MISMOS

Un 71% de la superficie de la Tierra está cubierto de agua, de la cual el 97,5% es mar. Esto equivale a 362 millones de km^2 de océano; 37 veces el tamaño de EEUU. Su temperatura media es de 2 °C contiene el 95% del espacio habitable de la Tierra y produce el 75% del oxígeno mundial.

Y QUÉ DECIR DE LAS COSTAS

Según las ONU, el 60% de la población mundial –3,6 mil millones de personas–, vive a no más de 60 km de la costa y probablemente aumente hasta el 75% en 20 años. Las zonas costeras también son el hábitat del 90% de las especies marinas, comprendido el 80% de los peces del mundo. Las zonas costeras reciben también el 80% de todo el turismo, lo que lleva a algunos a especular que los turistas son como los peces.

CARPA JURÁSICA

El mayor pez de la era jurásica era el Leedsichthys y medía 27 metros. A pesar de su enorme tamaño, ese desgarbado gigante sobrevivía con una dieta de plancton, al igual que el mayor pez en la actualidad: la ballena azul. El Leedsichthys tenía 40.000 dientes en el fondo de la boca, que actuaban como cedazo para extraer el plancton del agua. No tenía ningún medio de defensa, salvo su enorme tamaño, y no era inusual que otros peces más burdos mordieran cachos de su cuerpo para cenar. Eso entristecía al Leedsichthys y puede que contribuyera a su extinción.

LA LIBERTAD DE ALTA MAR

Muchos sueñan con emprender aventuras en alta mar, pero ¿cuántos saben su significado legal? Según el derecho internacional, "alta mar" se refiere a la masa de mar más allá de la jurisdicción de cualquier país, es decir el área exterior a la franja de 12 millas de aguas territoriales desde la costa de cada país. Ha habido muchos intentos de acordar un conjunto de leyes para alta mar, incluidas varias conferencias de las Naciones Unidas, pero son notoriamente difíciles de implementar. La Convención de 1982 sobre la Ley del Mar impone las siguientes libertades: el derecho a navegar pacíficamente, pescar, tender cables y tubos submarinos y volar por encima. También estipula medidas para la conservación de la vida marina y su ecosistema. Más allá, la conducta de los barcos se rige por el país bajo cuya bandera navegan, lo que provoca conflictos, sobre todo en el Ártico y el Antártico donde ciertos países alegan propiedad.

POR QUÉ NO DEBE PEDIR A LOS REYES MAGOS UN COLLAR DE CORAL

EL CORAL ES EN REALIDAD el hogar de un diminuto pólipo, estrechamente relacionado con la anémona marina y las medusas, con pequeños brazos tentaculares que utiliza para extender y capturar comida, principalmente pequeños animales. Se convierte en coral cuando se sujeta a una roca y crea un esqueleto exterior de piedra caliza. Al dividirse y reproducirse, nuevos pólipos se sujetan a los anteriores, y con el tiempo crean los arrecifes. Se cree que algunos arrecifes de coral tienen más de 50 millones de años. A pesar de que los arrecifes cubren menos del 1% del fondo marino, los ecosistemas que proporcionan son tan productivos que soportan el 25% de todos los animales marinos. Estos arrecifes están amenazados por la contaminación, la pesca, el turismo y el cambio climático, con hasta el 60% de los arrecifes existentes en peligro inmediato. Los corales adquieren su color albergando algas, que rechazan cuando están estresados. La cantidad de coral emblanquecido ha aumentado espectacularmente en los últimos años, sugiriendo que los corales están crecientemente estresados.

PLÁSTICO ASESINO

Se llaman lágrimas de sirena y se encuentran en todas las playas desde la Costa Brava hasta Hawái. Todos los años, millones de partículas de microplástico llegan al océano. Arrastrados al mar por el viento, procedentes de escombros abandonados en la playa y de basura arrojada por la borda de los barcos. Estos y otros residuos plásticos causan la muerte de un millón de aves marinas al año, 100.000 mamíferos marinos, e innumerables peces. Microplásticos y trozos de plástico mucho más grandes, como peines, cepillos dentales, jeringuillas y aplicadores de tampones, suelen encontrarse en el estómago de aves y tortugas marinas. En el Pacífico, el plástico se ha acumulado en una gran isla, llamada Gran Mancha de Basura del Pacífico, del doble de tamaño del de Francia. No es extraño que lloren las sirenas.

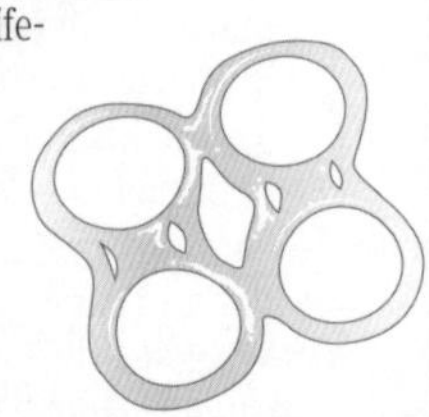

> “El aliciente del mar es una extraña magia que hace que los hombres amen lo que temen. La soledad del desierto es más íntima que la del mar. Morir en las estériles arenas movedizas parece menos insoportable a la imaginación que morir en el ventoso y espantoso vacío del océano infinito.”
>
> Zane Grey, escritor norteamericano (1872-1939)

DONDE SE JUNTAN DOS OCÉANOS

¿QUÉ OCURRE CUANDO LOS RÍOS se juntan con el mar? Habitualmente se da una columna de agua algo borrosa. Este fenómeno se denomina haloclina y puede verse en cualquier desembocadura. Donde se encuentran grandes masas de agua el efecto es más dramático. Unas fotos tomadas por un pasajero en un crucero por el golfo de Alaska muestran una línea de espuma de varias millas de longitud, con agua color turquesa a un lado y más oscura al otro. Las imágenes parecen mostrar el agua dulce del deshielo de un glaciar polar, cuando se encuentran con el agua más salada del Pacífico. En lugar de mezclarse inmediatamente, han creado una clara línea divisoria. La naturaleza no es siempre tan perfecta como cabría imaginar. Por cierto, una de las imágenes se convirtió en viral: fue vista 177.000 veces en un día.

EL MAR SIN ORILLAS

EL 20 DE SEPTIEMBRE DE 1492, en medio del Atlántico, Cristóbal Colón encontró una enorme capa de algas, que “se extendía hacia el norte hasta donde alcanzaba la vista”. Las algas contenían todo un ecosistema con muchos peces pequeños, cangrejos y gambas, que indujeron a la tripulación de la *Santa María* a concluir que debían de estar cerca de tierra. En realidad, era el Mar de los Sargazos. Atrapada entre las corrientes que circulan alrededor de los bordes del Atlántico, esta masa de algas en medio del océano proporciona un santuario a tortugas bobas y atunes juveniles entre otros. Se cree que algunas especies de anguilas ponen allí sus huevos, antes de regresar a las costas europeas y norteamericanas. Históricamente era una zona temida, porque se creía que las algas reducían la velocidad de los barcos o incluso se los tragaba. De esta idea surgió gran cantidad de literatura, incluidos los poemas de Ezra Pound y Dylan Thomas. El Mar de los Sargazos también atrae una gran concentración de basura, en especial de plástico.

> **“Es un interesante hecho biológico que todos tenemos en nuestras venas el mismo porcentaje de sal que existe en el océano y, por consiguiente, tenemos sal en la sangre, en el sudor y en las lágrimas. Estamos ligados al océano. Y cuando volvemos al mar, ya sea para navegar o para contemplarlo, regresamos a nuestros orígenes.”**
>
> **John F. Kennedy, presidente de EEUU (1917-1963)**

Países con la costas más largas

Canadá	202.080 km
Indonesia	54.716 km
Groenlandia (DK)	44.087 km
Rusia	37.653 km
Filipinas	36.289 km
Japón	29.751 km
Australia	25.760 km
Noruega	25.148 km
EEUU	19.924 km
Nueva Zelanda	15.134 km

(España tiene 7.880 km de costa)

Fuente: *CIA World Factbook*

ESA SENSACIÓN DE AHOGO

¿UNA CATÁSTROFE GLOBAL o "la mayor mentira jamás contada"? El calentamiento global, y la consiguiente subida del nivel del mar, es uno de los temas más polémicos de nuestra época. Según las cifras facilitadas por el Comité Intergubernamental sobre el Cambio Climático (IPCC), en el año 2100 los niveles del mar habrán aumentado de 7 pulgadas (18 cm) a 23 pulgadas (59 cm). Esto significaría que islas como Tuvalu y las Maldivas desaparecerían. La razón a la que esto se atribuye es el aumento de la temperatura, causado por las emisiones de combustibles fósiles atrapadas en la atmósfera terrestre. Esto provoca el calentamiento y la expansión del mar, haciendo incrementar sus niveles. También hay abundantes pruebas de que se derrite el hielo de los casquetes polares. Sin embargo, no todo el mundo está de acuerdo, y el ex presidente de la Unión Internacional de Ciencia Cuaternaria (INQUA) y de la Comisión Internacional sobre el Cambio del Nivel del Mar, Nils-Axel Mörner, insiste en que los niveles del mar no han aumentado en los últimos 50 años. ¿A quién creer?

EL PODER DEL PÓLIPO

¿El ser vivo más grande de la Tierra o la mayor estructura creada por un ser vivo? Se mire como se mire la Gran Barrera de Coral (formada por los esqueletos de millones de seres diminutos llamados pólipos), no cabe duda de que es grande. Con sus 2.012 kilómetros de longitud y hasta 65 km kilómetros de anchura, es la única estructura elaborada por un ser vivo visible desde el espacio(*). En 1997 la CNN la incluyó en su lista de las Siete Maravillas Naturales del Mundo.

(*) Según la NASA, es una leyenda urbana que la Gran Muralla China sea visible desde el espacio.

VOLUMINOSO HIELO

El iceberg más alto jamás visto, de 168 metros de altura, fue visto junto a la costa de Groenlandia por el rompehielos americano *East Wind* en 1958. Teniendo en cuenta que solo el 10% de un iceberg es visible sobre el agua, esto sugiere que este iceberg medía casi 1.525 metros de profundidad. Otro iceberg, visto en el océano Austral por el USS *Glacier* en 1956, tenía una superficie estimada de más de 31.000 km²; más grande que Bélgica.

LOS ORÍGENES DE LA ESCAFANDRA

El submarinismo asistido empezó en el siglo iv a.C. cuando el filósofo griego Aristóteles dejó constancia del primer uso conocido de una campana de inmersión: un caldero invertido que se arrastraba por el fondo para ofrecer un suministro de aire. Las cosas mejoraron un poco en el siglo xvi, cuando se generalizó el uso de campanas de inmersión construidas para dicho propósito, incluida una diseñada por Leonardo da Vinci. El invento de la bomba de aire en 1771 permitió bombear un suministro constante de aire a la campana y permitió que el sueño de la exploración subacuática avanzara un paso. El siguiente paso consistió en diseñar un traje de inmersión, para dotar a los buzos de una mayor autonomía. Se había intentado su diseño por lo menos desde 1405, pero el traje de buzo clásico fue inventado en 1837 por el ingeniero Augustus Siebbe. Incluso el escapista Houdini se interesó por el mismo e inventó un traje del que el buzo podía escapar con rapidez en una emergencia. Pero la era del buceo moderno nació en 1943, cuando Emile Gagnan y Jacques Cousteau lanzaron su regulador de aire Aqua-Lung que, combinado con botellas de aire comprimido, permitía por primera vez a los buceadores deambular libremente bajo el agua.

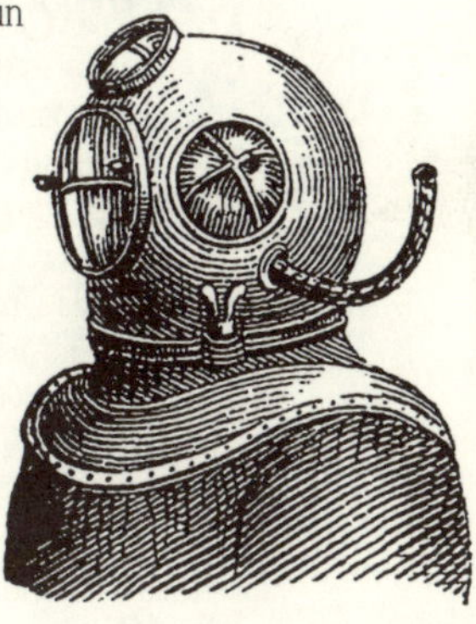

«Entre el diablo y el profundo mar azul»

Una explicación popular para el origen de esta expresión (inglesa) es que la tabla exterior de la cubierta de los barcos se denominaba "diablo". Si la junta entre el diablo y la parte superior del casco precisaba ser calafateada durante la navegación, era necesario suspender a un marinero por el costado de la embarcación, en una posición precaria entre el diablo y el hondo mar azul. Es una idea encantadora, si no fuera porque el uso registrado de esta expresión precede en unos 200 años al término náutico.

MÁS PROFUNDO QUE EL EVEREST

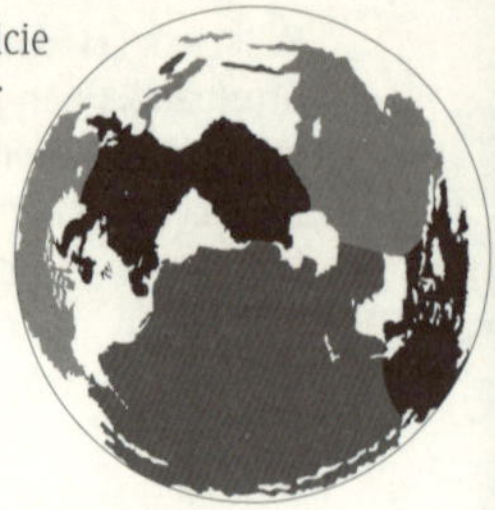

LA MAYOR PARTE DEL MUNDO ES MAR. Casi el 71% de la superficie del planeta está cubierta por el mar. Más de la mitad del mar tiene una profundidad superior a los 3.000 metros. Su parte más honda es la Fosa de las Marianas en el Pacífico, cerca de Japón, con una profundidad de más de 11.000 metros, es decir 2.200 metros más hondo que la altura del monte Everest. La mayor parte del fondo marino está inexplorado y los científicos no tienen la menor idea de lo que hay ahí abajo. Sabemos mucho más sobre la superficie de la Luna que acerca del fondo del mar.

Más grande, más frío, más salado

- El mar más grande es el Mar de Bering, con 2.270.000 km².
- El lugar más profundo: 11.033 m en la Fosa de las Marianas, Pacífico Oeste.
- El mar más cálido del mundo es el Mar Rojo, donde la temperatura oscila entre los 20 °C y 31 °C según donde se mida.
- Los mares más fríos, comprensiblemente, se encuentran cerca de los polos, como los mares de Groenlandia, Barents, Beaufort, Kara, Lapdev y Siberia Oriental cerca del polo norte y los mares de Weddell y Ross cerca del polo sur.
- Según la cantidad de sal en el agua, el agua marina se congela aproximadamente a 2º bajo cero; cuatro grados menos que el agua dulce. Un alto contenido en sal disminuye la temperatura de congelación y un bajo contenido en sal la aumenta.

EL GRAN AZUL

Es un error común creer que el mar es azul porque refleja el cielo. Esta idea se basa en la observación de que una pequeña cantidad de agua marina en un vaso parece clara, por tanto el color debe proceder de otra fuente. Pero de hecho el mar es intrínsecamente azul, si bien un azul muy pálido. Cuanto más profundo, más oscuro. En aguas poco profundas, el color del fondo juega también un papel crucial. Un fondo arenoso produce un color turquesa, mientras que las algas pueden convertir el mar en casi negro. Solo cuando el mar está plano y en calma, entonces la superficie actúa como un espejo gigante.

¿CUÁNTOS MARES?

En la época clásica, los Siete Mares se referían al mar Mediterráneo, el mar Adriático, el océano Índico, el mar Negro, el mar Caspio, el golfo Pérsico y el mar Rojo. Los escritores árabes también citaban los Siete Mares, pero se referían a un conjunto de mares completamente diferente, situados la mayoría en el Oriente Medio y Asia. A la mínima oportunidad, a los antiguos griegos también les gustaba incluir el mar Egeo. En tiempos modernos, la idea de Cuatro Océanos adquirió mayor credulidad; a saber: el Atlántico, el Pacífico, el Índico y el Ártico. Hasta que en el año 2000 la Organización Hidrográfica Internacional reconoció oficialmente el océano Antártico: el círculo marino alrededor de la Antártida hasta los 60° de latitud sur.

Los cinco océanos

Océano Pacífico	155.557.000 km²
Océano Atlántico	76.762.000 km²
Océano Índico	68.556.000 km²
Océano Antártico*	20.327.000 km²
Océano Ártico	14.056.000 km²

** Nueva entrada*

GIGANTES DEL MAR

Un suelo marino fértil, agua caliente y luz solar se combinan para convertir el mar en un hábitat fantástico para la flora y fauna. Las aguas costeras, en particular, son ricas en biodiversidad. Los científicos ya han catalogado 120.000 especies en el mar y calculan que quedan más de 750.000 por descubrir. La mayor de ellas es la ballena azul, que llega a pesar 186 toneladas (190 toneladas métricas), 18 veces más que el mayor elefante y 25 veces más que un autobús de dos pisos. Se le supone el animal más grande que ha existido jamás en la Tierra (mucho mayor que el *Tyrannosurus rex*). Es también una de las especies en mayor peligro de extinción en la Tierra.

CONVENCIÓN DE LA ONU SOBRE EL DERECHO DEL MAR, 1982

«*Artículo 88. Reserva de alta mar para fines pacíficos:* Alta mar se reservará para fines pacíficos.
Artículo 89. Invalidez de alegatos de soberanía en alta mar: Ningún estado puede pretender la validez de anexionar cualquier porción de alta mar a su soberanía.
Artículo 90. Derecho de navegación: Todos los estados, con a sin costa, tienen derecho a que sus barcos naveguen por alta mar con su propia bandera».

EL ORIGEN DE MUCHAS ESPECIES

¿Alguna vez se han preguntado por qué la costa oeste de América del Sur es mucho más fría que la costa este? Se debe a la corriente de Humboldt. Esta corriente, impulsada por los vientos de poniente dominantes en el Océano Antártico, es empujada hacia la punta meridional del continente. Allí no tiene donde pasar salvo el pequeño estrecho al sur del Cabo de Hornos o hacia el norte por las costas de Chile y Perú. Cuando alcanza la plataforma continental de América del Sur, esta corriente que se desplaza en dirección norte draga una gran cantidad de suculentos nutrientes del fondo del océano y se convierte en el ecosistema marino más productivo del mundo. Sardinas, anchoas y caballa son las especies más prolíficas, aunque también abundan tortugas, leones marinos, pingüinos y calamares gigantes. Este ecosistema es tan prolífico, que se calcula que produce la quinta parte del pescado capturado en el mundo. La corriente de Humboldt también es responsable de que la costa oeste sea menos lluviosa que la costa este.

> **Siempre pensaba en 'la mar', que es como la gente la llama en español cuando la ama. A veces los que la aman dicen cosas malas sobre ella, pero siempre como si se tratara de una mujer. Algunos de los pescadores más jóvenes, los que solían utilizar boyas como flotadores para sus hilos y usaban botes a motor, adquiridos cuando los hígados de tiburón aportaban mucho dinero, hablaban de 'el mar' en masculino. Se referían a él como un competidor o un lugar o incluso un enemigo. Pero el viejo siempre pensaba en ella en femenino y como algo que otorgaba o guardaba grandes favores y que si hacía cosas salvajes o perversas era porque no podía evitarlo. La luna le afecta como a una mujer, pensaba.**
>
> *El viejo y el mar,* de Ernest Hemingway, 1952

Las mareas y el tiempo

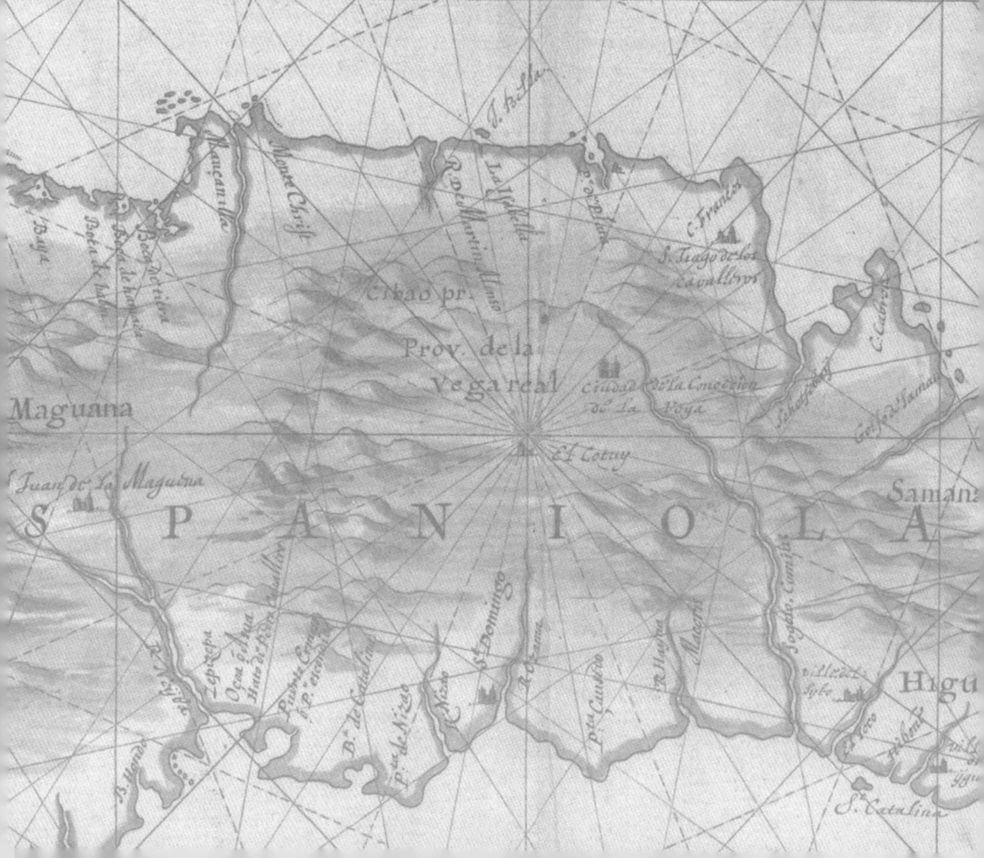

SABIDURÍA TRADICIONAL SOBRE EL TIEMPO 1

«Cielo rojo a la alborada, cuidar que el tiempo se enfada
Cielo rojo vespertino, la esperanza es del marino»

Dado que los sistemas climáticos en el hemisferio norte se desplazan de oeste a este, el sol del amanecer que sale por el este ilumina las nubes cargas de humedad que llegan por el oeste. En cambio, el sol del atardecer que se pone por el oeste ilumina las nubes que se marchan por el este. En términos más generales, un cielo claro en el oeste al atardecer se asocia a un sistema de alta presión y buen tiempo prolongado. Tan precisa es esta predicción, que se ha replicado en otras varias lenguas.

EN FRANCÉS:

"Rouge le soir, bel espoir, Rouge le matin, de la pluie en chemin".
("Rojo al atardecer buena esperanza, rojo por la mañana, lluvia en camino".)

EN NORUEGO:

"Morgenrode gir dage blode, Kveldsrode gir dage sode".
("Rojo matutino trae días lluviosos, rojo vespertino trae dulces días".)

EN ITALIANO:

"Rosso di sera, bel tempo si spera, rosso di mattina, mal tempo si avvicina".
("Rojo al atardecer buen tiempo se espera, rojo por la mañana mal tiempo se avecina".)

¿DÓNDE EMPIEZA LA CORRIENTE DEL GOLFO?

ESTA ES LA PREGUNTA DEL HUEVO Y LA GALLINA, y la respuesta viene determinada tanto por prejuicios nacionales como por hechos científicos. La Corriente del Golfo se debe a dos factores. Los vientos fríos del Ártico enfrían el agua de la superficie del Atlántico Norte y esta se hunde al fondo del océano, antes de dirigirse al sur hacia el ecuador. A su llegada se calienta y los vientos dominantes la empujan hacia el oeste. Por consiguiente es la combinación del enfriamiento ártico y los vientos africanos lo que empuja el agua. Pero la corriente solo vuelve a la superficie cuando llega al Golfo de México y se dirige de nuevo hacia el norte, por lo cual se dice que "empieza" en el Golfo de México (o junto a Florida) y se la denomina Corriente del Golfo. En todo caso, su efecto en la costa oriental norteamericana y en el norte de Europa es enorme. Sin la Corriente del Golfo y la Corriente del Atlántico Norte, la temperatura media en Londres sería semejante a la de Terranova, que se encuentra en la misma latitud. La influencia lejana de la Corriente del Golfo también permite que puertos del Báltico, que de otro modo estarían helados, permanezcan abiertos todo el año.

TÚ ME HACES GIRAR, CORIOLIS

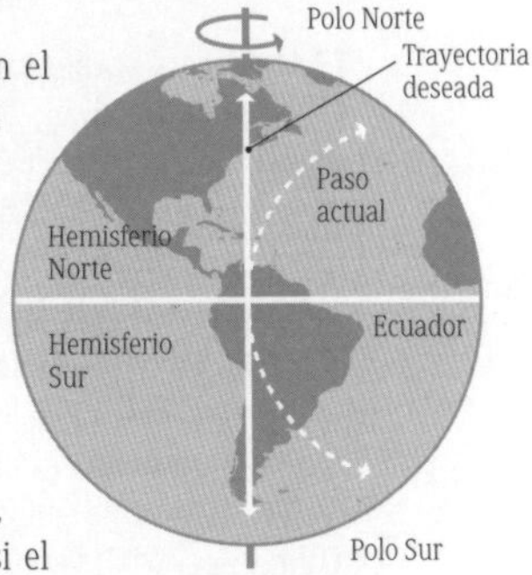

Según la ciencia popular, cuando se vacía un sumidero en el hemisferio norte, el agua gira en la dirección opuesta a la del hemisferio sur. Este fenómeno hace referencia al efecto Coriolis, en virtud del cual los objetos no conectados al suelo experimentan un efecto de atracción hacia el este debido a la rotación de la Tierra. Dado que los lugares cercanos al ecuador se desplazan con mayor rapidez alrededor del eje terrestre, cuyos extremos se encuentran cerca de los polos, los objetos que inicien su trayectoria cerca del ecuador experimentarán una mayor atracción hacia el este, que los que la inicien cerca de los polos. Esto significa que si el objeto se desplaza suficientemente lejos hacia el norte o hacia el sur, su atracción hacia el este será diferente respecto al suelo sobre el que se encuentre. Este fenómeno, descubierto por el ingeniero Gustave-Gaspar Coriolis en 1835, afecta al movimiento del aire sobre la superficie de la Tierra y tiene enormes implicaciones para nuestras pautas climáticas.Gracias al efecto Coriolis, los vientos alisios suelen proceder del este o del oeste, en lugar de directamente del norte o del sur. También determina la dirección de los sistemas de alta o baja presión. Sin embargo, el efecto Coriolis solo actúa sobre grandes masas que efectúan un largo recorrido y aunque pueda actuar débilmente en el agua de un sumidero, su efecto sería tan mínimo que equivaldría a nulo.

Las mareas más formidables

Ensenada de Minas, Bahía de Fundy, Nueva Escocia, Canadá	16,3 m
Ensenada de Leaf, Bahía de Ungava, Quebec, Canadá	16,2 m
Burnham-in-Sea, Canal de Bristol, Reino Unido	15 m
Derby, King Sound, Australia Occidental	aprox. 12 m
Golfo de Khambhat, Gujarat, India	aprox. 12 m
Ensenada de Cook, Alaska	aprox. 12 m

MINIMAREAS

Las mareas más pequeñas, de apenas 2,5 centímetros, tienen lugar en el mar Mediterráneo, el mar Báltico y el mar del Caribe. Existen áreas de mareas casi inexistentes (denominadas puntos anfidrómicos) al sur de Sicilia en el Mediterráneo, en la mayor parte del mar Egeo, en el mar de Libia y también en una extensa zona alrededor de Ibiza.

LA BATALLA DE LA MAREA

TENER LAS MAREAS MÁS ALTAS del mundo no parece algo de lo que presumir. Después de todo, las mareas altas inundan sótanos, hunden coches y causan estragos con las amarras de las embarcaciones. Sin embargo, desde hace años, existe una enconada polémica sobre si la Ensenada de Minas en Nueva Escocia, o la Ensenada de Leaf en Quebec tiene derecho a ostentar el récord. Por fin, en 2005, tres expertos del Servicio Hidrográfico Canadiense decidieron zanjar el conflicto de una vez por todas: si bien la marea más alta registrada en la Ensenada de Minas era 4 pulgadas (0,1 m) más alta que la de la Ensenada de Leaf, ningún conjunto de medidas era completamente fiable. Puesto que el margen de error era de +/- 0,4 metros, concluyeron que eran equivalentes y declararon un empate. Pero la batalla todavía no ha terminado. Siguen las mediciones.

MOSKSTRAUMEN

Se ha inmortalizado en relatos de Edgar Allan Poe, Julio Verne y Herman Melville, así como en la antigua poesía y pintura escandinava. La vorágine Moskstraumen en el norte de Noruega es ciertamente un bestia impresionante, que se desplaza a velocidades de hasta 22,79 km/h. A diferencia de otras vorágines –gigantescos remolinos que se forman en ajustados pasos o estrechos–, Moskstraumen se forma por la convergencia de dos corrientes que se encuentran en mar abierto entre la Punta de Lofoten y la isla de Mosken. La descripción de Poe de este fenómeno en su relato *Descenso a la vorágine* incluye la introducción del término *maelstrom* (vorágine) en la lengua inglesa y consolida el legado del "huracán más terrible salido jamás de los cielos". Sin embargo, sorprendentemente, Moskstraumen no es la corriente más fuerte del mundo. Esta es la vorágine Saltstraumen, unas millas más al sur, donde se ha registrado la descomunal velocidad de 40 kilómetros/hora.

Las peores vorágines del mundo (velocidad de la corriente)

Vorágine Saltstraumen, Bodo, Noruega	40 km/h
Vorágine Moskstraumen, Islas Lofoten, Noruega	27,79 km/h
Remolino Old Sow, Isla Deer, Nueva Brunswick, Canadá	27,60 km/h
Skookumchuck Narrows, Columbia Británica, Canadá	26 km/h
Remolino Naruto, Estrecho de Naruto, Japón	20 km/h

VORÁGINE DE POE

"Cuando hay inundación, la corriente cubre la tierra entre Lofoden y Moskoe con una rapidez escandalosa, pero el rugido del impetuoso reflujo hacia el mar apenas se asemeja a las más ruidosas y terribles cataratas, cuyo ruido se oye a varias leguas de distancia y sus vórtices o fosos son de tal magnitud y profundidad, que si su atracción alcanza algún buque, este es inevitablemente absorbido y arrastrado al fondo y allí desmenuzado contra las rocas; y cuando el agua se calma, los fragmentos son arrojados de nuevo a la superficie".

Fuente: *Descenso a la vorágine*, Edgar Allan Poe, 1841

VORÁGINE DE VERNE

"¡La vorágine! ¿Pudo haber llegado a nuestros oídos una palabra más espeluznante en tan terrible situación? Estábamos acercándonos pues a la peligrosa costa noruega. [...] Sabíamos que con la marea, el agua acumulada entre las islas de Feroe y Lofoden se precipitan con una irresistible violencia, formando un remolino del que ningún barco escapaba jamás. Desde todos los puntos del horizonte se juntaban enormes olas, que formaban un golfo justamente denominado "Ombligo del Océano", cuya fuerza de atracción se extendía hasta una distancia de doce millas. Allí, no solo se sacrifican barcos sino también ballenas, así como osos blancos de las regiones boreales".

Fuente: *Veinte mil leguas de viaje submarino*, Julio Verne, 1869

Los peores tsunamis del mundo (muertes)

Océano Índico, 2004	350.000
Messina, Italia, 1908	123,000
Lisboa, Portugal, 1755	100.000
Mar del Sur de la China, 1782	40.000
Krakatoa, Indonesia, 1883	36.500
Tokaido-Nankaido, Japón, 1707	30.000
Arica, Chile, 1868	25.674
Sanriku, Japón, 1896	22.000
Tohoku, Japón, 2011	16.000
Isla de Kyushu, Japón, 1792	15.030

EL NACIMIENTO DE LA METEOROLOGÍA

EL ALMIRANTE ROBERT FITZROY es conocido como capitán dei buque HMS *Beagle* en el viaje de Charles Darwin a la Patagonia en 1831-1836. Pero Fitzroy era también un entusiasta meteorólogo y, después de fundar lo que más adelante sería el Instituto Nacional de Meteorología, inventó unos asequibles barómetros que se instalaron en los puertos del país para ayudar a los pescadores a pronosticar el tiempo. Luego creó una red de estaciones de recolección de datos, que le permitió elaborar los primeros pronósticos en tierra. En reconocimiento de las muchas vidas que salvó con su trabajo, el área marina de Finisterre en los pronósticos de navegación británicos pasó a llamarse Fitzroy.

LA ZONA VENTOSA

«Bajo los Rugientes Cuarentas no hay ninguna ley;
bajo los Furiosos Cincuentas no hay ningún Dios».

Son los cálidos vientos ecuatorianos que soplan hacia el sur, al encontrarse con el aire frío de la Antártida, lo que, combinado con la rotación de la Tierra, crea las singulares condiciones climáticas del océano Antártico. Sin que ninguna masa terrestre los desvíe, los vientos arrecian (media de 35-45 nudos) y los mares crecen y crecen (olas de 12 metros no son inusuales). De ahí que estas regiones sean conocidas como los Rugientes Cuarentas (40°-49° S), los Furiosos Cincuentas (50° -59° S) y los Bramadores Sesentas (60° -69° S). Los navegantes que sabían aprovechar al máximo dichas condiciones, navegaban hasta Sídney por la ruta del Cabo de Buena Esperanza en 72 días (récord del *Cutty Sark*) y de regreso por el Cabo de Hornos en 77 días (el *Thermopylae*). Los veleros de competición modernos utilizan la misma ruta para superar marcas; el récord actual de la vuelta al mundo sin paradas está en 40 días (con tripulación) y en 49 días (en solitario).

Sabiduría tradicional sobre el tiempo 2

*"Mejor navega el que tiene buen viento
que quien rema con mucho aliento".*

Tan cierto como que "ningún mar en calma
hizo experto a un marinero".

SOPLA VIENTO SOPLA

Lo que para uno es un vendaval, para otro es una brisa. Este era el dilema que Sir Francis Beaufort, un almirante e hidrógrafo británico, se propuso resolver cuando creó su escala de vientos en 1805. Ya que no había forma de medir la velocidad del viento, utilizó observaciones visuales para crear 13 categorías que van de 0 a 12. Las observaciones se basaban en la cantidad de velas que un buque de guerra podía llevar. Iban desde "solo suficiente para maniobrar" hasta "lo que las velas de lona no podrían soportar". En 1906 se sustituyeron dichas descripciones por el aspecto del mar. Más tarde, con la llegada de los anemómetros, se inventó una fórmula para crear registros de "millas por hora".

La escala de Beaufort

Fuerza	Vel. del viento nudos (m/s)	Altura máx. olas (m)	Descripción del viento	Descripción del mar
0	>1 (> 1)	0	Calma	Mar como un espejo
1	1 - 3 (1 - 2)	0.1	Ligera corriente	Ondas como escamas, sin crestas de espuma
2	4 - 6 (2 - 3)	0.3	Ligera brisa	Pequeñas olas, crestas vidriosas, sin romper
3	7 - 10 (4 - 5)	1	Brisa suave	Olas moderadas, crestas empiezan a romper, borreguitos aislados
4	11 - 16 (6 - 8)	1.5	Brisa moderada	Olas más largas, numerosos borreguitos
5	17 - 21 (9 - 11)	2.5	Brisa fresca	Olas moderadas, más alargadas, muchos borreguitos, ligera espuma
6	22 - 27 (11 - 14)	4	Brisa fuerte	Olas más grandes con borreguitos, más espuma
7	28 - 33 (14 - 17)	5.5	Casi temporal	El mar se alza, la espuma de olas que rompen crea manchas
8	34 - 40 (17 - 21)	7.5	Temporal	Olas de más longitud y altura moderada empiezan a romper y convertirse en espuma que forma manchas bien definidas
9	41 - 47 (21 - 24)	10	Temporal severo	Olas altas, el mar empieza a mecerse, densas manchas de espuma, se reduce visibilidad
10	48 - 55 (25 - 28)	12.5	Tempestad	Olas muy altas coronadas por crestas, el mar adquiere un aspecto blanco por la densidad de la espuma, el balanceo es intenso y se reduce la visibilidad
11	56 - 63 (29 - 32)	16	Tempestad violenta	Olas excepcionalmente altas, mar cubierto de manchas de espuma, peor visibilidad
12	64+ (33+)	16+	Huracán	Aire repleto de espuma, mar blanco por la espuma en movimiento, visibilidad sumamente reducida

EFERVESCENCIA EN LA JARCIA

Es tentador decir que los marinos de antaño era supersticiosos, creían en toda clase de augurios absurdos e ignoraban la ciencia. Pero habría que ser realmente muy racional para no creer en la magia cuando, en una tormenta eléctrica en pleno océano, las puntas de los palos del barco empiezan a brillar y adquieren una efervescencia azul sobrenatural. Este es el fenómeno conocido como Fuego de San Telmo, constatado por personajes tan diversos como Julio César, Plinio el Viejo, Magallanes, Colón, Richard Henry Dana y muchos navegantes menos conocidos. La explicación científica es un desequilibrio de carga eléctrica. Durante una tormenta eléctrica, las nubes y el barco se cargan de electricidad. Normalmente esto no sería visible, pero como la corriente se concentra en los extremos de los objetos como palos y botavaras (o farolas y antenas en tierra) y puesto que la atmósfera es más propensa a transportar la corriente eléctrica, el aire a su alrededor se ioniza, y el objeto resplandece. Es esencialmente lo mismo que ocurre en un tubo de luz fluorescente, salvo que sucede en la jarcia del buque en medio del océano. No es sorprendente que los marinos creyeran que era magia.

El fuego de Shakespeare

"Embarqué en el buque real; ora en el pico,
ora en medio del barco, la cubierta, todos los camarotes,
refulgí de asombro, a veces me dividía
y ardía en muchos lugares, en el palo mayor
las vergas y el bauprés, refulgían claramente
luego se encontraban y unían"

Fuente: Palabras de Ariel en *La tempestad*, acto 1, escena 2, de William Shakespeare

SABIDURÍA TRADICIONAL SOBRE EL TIEMPO 3

"Si la lluvia te coge antes que el viento, alista drizas sin perder momento,
pero si el viento te cogió primero, iza gavias, marinero".

O lo que es lo mismo:

"Si hay agua después del viento, tu barco andará contento.
Si viene lluvia y después viento, arría todo o métete dentro".

Arte y literatura

EL MARINO QUE NO SABÍA LEER

Pierre Loti (nombre real Julien Viaud) era un oficial en activo en la Armada Francesa cuando escribió su primera novela semiautobiográfica *Aziyadé* en 1879. Basada en su romance con una joven de un harén en Constantinopla, presentó a los lectores muchos de los temas que caracterizarían su obra posterior: lugares exóticos, indígenas y situaciones subidas de tono. Pero fue su descripción de las atrocidades perpetradas por las fuerzas francesas contra los vietnamitas durante la batalla de Thuan, publicada en *Le Figaro* en 1883, lo que le dio mala fama a nivel nacional y casi logró que le expulsaran de la Armada. En realidad, siguió con una prolongada carrera en el mar y finalmente le ascendieron a capitán. Su novela *Pescador de Islandia* de 1886, donde describe la vida de los pescadores bretones, se convirtió en una obra clásica de la literatura francesa y en 1891 Loti fue elegido como miembro de la Académie Française. Siempre dispuesto a avivar las llamas de la polémica, declaró en la Académie que "Loti no sabe leer", aunque su prodigiosa producción literaria y su biblioteca personal demostraban lo contrario.

UN ARTISTA Y SU BUHARDILLA OCEÁNICA

Winslow Homer es reconocido como uno de los grandes artistas norteamericanos y posiblemente sea uno de los artistas marinos norteamericanos más famosos de todos los tiempos. Pero no siempre fue así. Cuando se expuso por primera vez su emblemático cuadro *Breezing Up* en 1876, el escritor Henry James le dedicó una críticas muy poco entusiastas: "Confesamos francamente que detestamos sus temas... ha escogido la gama menos pictórica del paisaje y la civilización; los ha tratado decididamente como si fueran pictóricos... y, como recompensa de su audacia, indiscutiblemente lo ha logrado". Los temas de Homer fueron más descarnados y su gama de colores más sobria cuando retrató la vida de los obreros, tanto en EEUU como en el Reino Unido. Incluso cuando recibió críticas entusiastas, la venta de sus cuadros siguió siendo floja, con sus obras más importantes alcanzando apenas 400 dólares. En plena cincuentena, Homer todavía acudía a su hermano Charles en busca de ayuda y no fue hasta después de los sesenta cuando alcanzó cierto grado de estabilidad económica. Actualmente, los oleos de Homer se venden por hasta 30 millones de dólares y su acuarela *La canoa roja* se ha vendido por 4,8 millones de dólares; un récord para una acuarela norteamericana.

> **¡Sube el viento!... ¡Tratemos de vivir!**
>
> *El cementerio marino* de Paul Valéry, 1930

ROBINSON CRUSOE ERA UN CAPITALISTA

Cabe creer que *Robinson Crusoe* es la historia de un náufrago que se refugia en una isla de América del Sur y debe vivir de su ingenio hasta que llega el rescate. Bien, reflexionemos. El relato de Daniel Defoe de 1719 ha sido presa de economistas tan diversos como David Ricardo y Karl Marx para ilustrar ciertos tipos de sistemas económicos. Según la escuela clásica de economía, el libro realza una forma primitiva de capitalismo, donde Crusoe debe tomar decisiones entre producción y ocio. Cuando Viernes aparece en escena, se manifiesta el provecho del comercio. Para Marx, el relato demuestra la superioridad del trabajo respecto al capital. Hay muchas otras interpretaciones, incluidas la colonial y la religiosa. Por no entrar en el análisis feminista...

Novelas de aventuras marinas más vendidas

Moby Dick, de Herman Melville
La isla del tesoro, de Robert Louis Stevenson
Robinson Crusoe, de Daniel Defoe
Veinte mil leguas de viaje submarino, de Julio Verne
El viejo y el mar, de Ernest Hemingway
Nostromo, de Joseph Conrad
El cazador de barcos, de Justin Scott
Las aventuras de Arthur Gordon Pym, de Edgar Allan Poe
Un capitán de quince años, de Julio Verne
Tiburón, de Peter Benchley

EL MEJOR CUADRO (MARINO)

SEGÚN UNA ENCUESTA realizada por la BBC, el cuadro de J.M.W. Turner de 1839 *The Fighting Temeraire* es "el mejor cuadro en Gran Bretaña". El cuadro representa el buque HMS *Temeraire,* que jugó un papel fundamental en la Batalla de Trafalgar, remolcado en el río Támesis por un remolcador de vapor para ser desguazado al final de su carrera. En su momento, se interpretó como un comentario nostálgico sobre el final de la era de la navegación a vela y el triunfo de la fuerza del vapor. El cuadro recibió el 27% del total de los votos emitidos en la encuesta. Los siguientes fueron *The Hay Wain* de Constable (18%), *Un bar en el Folies-Bergère* de Manet (11%), *El Arnolfini* de Jan van Eyck (9%), *El Sr y la Sra Clark y Percy* de Hockney (7%) y *Los girasoles* de Van Gogh (7%).

EL HORROR SE CONVIERTE EN ARTE

UN CAPITÁN PASADA LA FLOR de la vida, insuficientes botes salvavidas y preferencia otorgada a los privilegiados; ¿suena familiar? No, no se trata del *Titanic* sino de la *Medusa,* una fragata de la Armada Francesa que embarrancó junto a la actual Mauritania en 1816. El buque se dirigía a Senegal con el nuevo gobernador francés, el coronel Schmaltz, bajo los términos acordados por el recién restaurado rey de Francia, Luis XVIII. El capitán del barco era un tal vizconde de Chaumareys, que no había navegado en veinte años, pero se le otorgó el mando mediante nepotismo político. La *Medusa* transportaba 400 personas a bordo cuando embarrancó, pero solo disponía de botes salvavidas para 250. Los demás tuvieron que contentarse con una balsa, construida con restos de madera extraídos del barco. Durante los trece días siguientes, la mayoría murieron de hambre, los mataron y se los comieron sus compañeros o se arrojaron al mar para ahogarse. Solo 15 de los 150 iniciales sobrevivieron. El incidente fue una soberana vergüenza para el gobierno francés, pero hizo famoso a un joven pintor que lo convirtió en un dramático cuadro. *La balsa de la Medusa* (abajo) de Théodore Géricault está ampliamente reconocido como uno de los mejores cuadros franceses y está expuesto en el Louvre de París. Se dice que su colega, el pintor Eugène Delacroix, posó para uno de los personajes (el individuo en primer plano con los brazos extendidos hacia abajo). En cuanto al capitán Chaumareys, llegó a tierra en bote salvavidas, aunque fue condenado a tres años de cárcel por incompetencia y cobardía.

"BARNACLE BILL EL MARINO"

"¿Quién llama a mi puerta?" (repetido tres veces)
exclamó la hermosa joven doncella.
"Soy solo yo llegado del mar", responde el marino Barnacle Bill.
"Estoy iluminado como un árbol de Navidad", dice el marino Barnacle Bill.
"Navegaré hasta estirar la pata,
lucho y blasfemo y bebo y fumo,
pero soy incapaz de dar una maldita brazada,
soy el marino Barnacle Bill".

"¿Sois joven y apuesto, señor?" (x3)
exclamó la hermosa joven doncella.
"Soy viejo y rugoso y sucio y duro", dice el marino Barnacle Bill.
"Nunca me sacio de emborracharme", dice el marino Barnacle Bill.
"Bebo whisky cuando puedo, whisky en una vieja taza de hojalata,
porque el whisky es la vida del hombre,
soy el marino Barnacle Bill".

"Bajaré y te abriré la puerta", (x3)
exclamó la hermosa joven doncella.
"Pues date prisa antes de que la derribe", dice el marino Barnacle Bill.
"Me encabritaré y desgarraré y despotricaré y rugiré", dice el marino Barnacle Bill.
"Te embaucaré y te contaré mentiras, beberé tu vino y comeré tus empanadas,
pincharé tus mejillas y te pondré los ojos morados,
soy el marino Barnacle Bill".

"Cántame una canción de amor dulce y grave", (x3)
dijo la hermosa joven doncella.
"Dieciséis hombres en el cofre del muerto", dice el marino Barnacle Bill.
"Ron, ron, ron, la botella de ron", dice el marino Barnacle Bill.
"Ah, brincando sobre las olas del mar y de aquí para allá tú eres la chica para mí,
alegraos mis muchachos por Nancy Lee,
soy el marino Barnacle Bill".

"Dime que pronto nos casaremos", (x3)
exclamó la hermosa joven doncella.
"Tengo una mujer en cada puerto", dice el marino Barnacle Bill.
"Las chicas atractivas son las que cortejo", dice el marino Barnacle Bill.
"Con mi falso corazón y mi lengua halagadora,
las cortejo a todas viejas y jóvenes,
las cortejo a todas, pero no me caso con ninguna,
soy el marino Barnacle Bill".

Fuente: Película de dibujos animados *Barnacle Bill*, dirigida por Dave Fleischer, 1930

LAS RUTAS DE ULISES

HAY POCO CONSENSO sobre la ruta de Ulises en la *Odisea* de Homero, y si los lugares corresponden a sitios reales. Una de las interpretaciones más convincentes es la del helenista Victor Bérard:

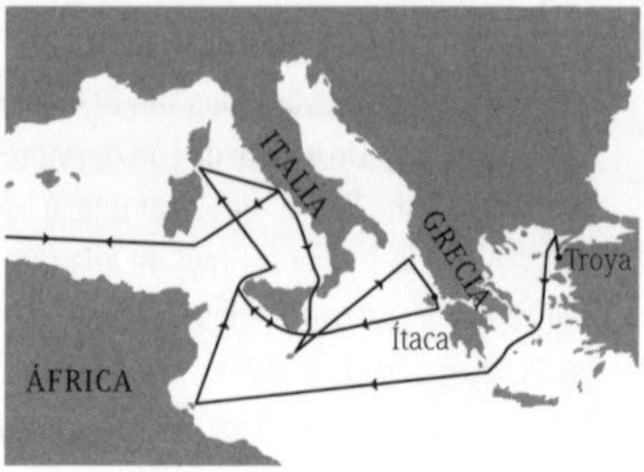

TROYA: La mayoría coincide en que el punto de partida de la Odisea era un sitio real, en la costa egea de Turquía. Ahora es Patrimonio de la Humanidad.

TIERRA DE LOS LOTÓFAGOS: Según Bérard, los hombres de Odiseo van en busca de comida en la isla tunecina de Yerba. Otros la sitúan en Libia.

TIERRA DE LOS CÍCLOPES: El gigante de un solo ojo vive en Posillo, hoy Nápoles. Otros hablan de Sicilia o las Baleares.

EOLIA: Odiseo recibe la bolsa de vientos en la isla de Estrómboli, en el norte de Sicilia. Otros alegan que era Lipari.

TIERRA DE LOS LESTRIGONES: Los caníbales vivían en el norte de Cerdeña. Según otros en el sudeste de Sicilia.

EEA: Circe echaba sus embrujos mágicos en el monte Circeo, entre Nápoles y Roma. Otros afirman que era Isquia o Madeira.

ENTRADA AL AVERNO: Odiseo encuentra al profeta Tiresias en Cumas, cerca de Nápoles. Otros sugieren el río Rin, o incluso América del Sur.

LAS SIRENAS: Odiseo oye el canto de las sirenas junto a la costa de Lucania, sur de Italia. El historiador Tim Severin sitúa el incidente en Léucade, Grecia.

ESCILA Y CARIBDIS: El monstruo de seis cabezas y el remolino devorador están a ambos lados del Estrecho de Mesina en Italia. ¿O en la bahía de Fundy en Canadá?

TRINACIA/HELIOS: Los supervivientes de la tripulación son aniquilados en Sicilia. Otros dicen que en Malta.

ORGÍA: Los siete años del romance de Odiseo con Calipso transcurren en el Estrecho de Gibraltar. Otros dicen Malta, el mar Jónico, Egipto o el Atlántico.

ESQUERIA/FEACIA: El hogar de los cordiales feacios, según Bérard y otros, es Corfú.

ÍTACA: Odiseo regresa a su país después de diez años, que Bérard identifica como la verdadera Ítaca. Otros afirman que es la isla de Léucade o Cefalonia.

> **“Debo de ser una sirena, Rango. No temo las profundidades y me da mucho miedo la vida superficial.”**
>
> Anaïs Nin, escritora francocubana (1903-1977)

Discos para una isla desierta de sir Robin Knox-Johnston

"Swinging Safari" de Bert Kaempfert
"As Some Day It May Happen" de *El Mikado* por Gilbert y Sullivan
Sinfonía Nº 5 en Do Menor de Ludwig van Beethoven
"Stranger on the Shore" de Acker Bilk
"Loudly Let the Trumpets Bray" de *Iolanthe* por Gilbert y Sullivan
"All You Need Is Love" de los Beatles
"Jesu, Joy of Man's Desiring" de la Cantata Nº 147 de JS Bach
Pompa y Circunstancia, Marcha Nº 1 en Re Mayor, de Edward Elgar

Sir Robin Knox-Johnston fue el primero en navegar alrededor del mundo en solitario sin escalas en 1968. Desert Island Discs, 4 de julio 1970

EL VERDADERO «MARK TWAIN»

El escritor norteamericano Samuel L. Clemens fue impresor, piloto y minero antes de dedicarse al periodismo. Cuando trabajaba como piloto en el Misisipi, oyó las palabras *"mark twain"* en boca de los tripulantes que medían la profundidad del agua con una plomada. La línea estaba marcada a cada braza (unos 6 pies/1,8 m) y cuando llegaba a la segunda (o *"twain"*) el medidor chillaba al timonel *"mark twain"* (segunda marca). Clemens utilizó el seudónimo Mark Twain por primera vez en 1863 y alcanzó fama nacional por *La célebre rana saltarina del Condado de Calaveras,* que escribió en 1865. Obtuvo reconocimiento mundial con *Las aventuras de Tom Sawyer* (1876), basado en su infancia junto al Misisipi y su secuela *Las aventuras de Huckleberry Finn* (1885), a menudo descrita como "la gran novela norteamericana".

KON-TIKI EN EL Nº 1

Fue un plan audaz: construir una réplica de una balsa del siglo V y navegar 4.500 millas para cruzar el Pacífico sin instrumentos, salvo una radio VHF. Thor Heyerdahl quería demostrar que las islas del Pacífico podían haber sido pobladas desde América del Sur, y no solo desde el continente asiático como se creía. Después de 101 días en el mar, durante los que él y sus cuatro tripulantes sobrevivieron capturando tiburones, la *Kon-Tiki* se estrelló contra un arrecife de las islas Tuamotu, el 7 de agosto de 1947. Heyerdahl había demostrado que tenía razón, pero la comunidad científica no lo reconoció. *La expedición de la Kon-Tiki* se publicó en 1945 y se convirtió en uno de los libros marítimos más vendidos de todos los tiempos.

> [A Cooper] le encantaba el mar y lo contemplaba con consumada comprensión. [...] Sus descripciones tienen la magistral amplitud de un gesto que abarca el vasto horizonte. Comprenden los colores de la puesta del sol, la paz de la luz de las estrellas, los aspectos de calma y tempestad, la gran soledad de las aguas, la quietud de costas vigilantes y la atenta preparación que caracteriza a los hombres que viven cara a cara con la promesa y la amenaza del mar. Conoce a los hombres y conoce el mar. Puede que su método a menudo sea defectuoso, pero su arte es genuino. La verdad está en su interior.
>
> *Espejo del mar*, de Joseph Conrad, 1898

ZOZOBRANDO EN LA MÚSICA

UN NAVEGANTE ATRAPADO en un yate volcado en el océano Austral no parecería un relato para agregarle música. Pero eso es lo que ha hecho la compositora Roxanna Panufnik en *The Upside Down Sailor*, lanzada en 2003. Esta obra de 51 minutos describe la experiencia de Tony Bullimore cuando volcó su velero durante la Vendée Globe de 1997. La historia del "marino boca abajo" generó titulares en todo el mundo y deleitó a los espectadores cuando fue rescatado vivo después de cinco días en la embarcación que se hundía lentamente. Panufnik ha creado una banda sonora en 14 partes, acompañada de una conmovedora narración de Richard Stilgoe (conocido por sus letras en *Starlight Express* y *El fantasma de la ópera*). No es exactamente *Las bodas de Figaro*, pero sin duda es diferente.

Discos para una isla desierta de Clare Francis

La Mer de Claude Debussy
"La danza de los caballeros" de *Romeo y Julieta*, de Sergei Prokofiev
"El vendedor de maní" de la Original Trinidad Steel Band
"C'est à Hambourg" de Édith Piaf
"Vesti la Giubba" de *Pagliacci* por Ruggero Leoncavallo
Sinfonía Nº 4 Mi Menor de Johannes Brahms
"Doina de Jale" de Gheorghe Zamfir
Sinfonía para Órgano Nº 5 en Fa Menor de Charles-Marie Widor

Clare Francis fue la primera mujer en capitanear un velero en varias regatas oceánicas en los años setenta. Desert Island Discs, 9 de julio 1977

Discos para una isla desierta de Ellen MacArthur

"Hey Ya" de Outkast
"The Boys of Summer" de Don Henley
"I Wish It Would Rain Down" de Phil Collins
"Me gustas tú" de Manu Chao
"Any Other Name" de Thomas Newman
"Here With Me" de Dido
"Through the Barricades" de Spandau Ballet
"Fix You" de Coldplay

Dame Ellen MacArthur batió la plusmarca de la circunnavegación en solitario sin escalas, en 2005. Desert Island Discs, 4 de octubre 2009.

¿LA PRIMERA NOVELA MARINA?

Puede que la obra más conocida del escritor norteamericano James Fenimore Cooper sea *El último mohicano*, pero las más apreciadas por la comunidad marinera son el *El piloto* y *The Red Rover*. En ellas, Cooper describe la vida en el mar como nadie lo había hecho antes y crea un nuevo género literario: la novela marina. Las obras de Cooper, por primera vez, sitúan los barcos y el mar en el centro de la acción y describe a los marinos como seres tridimensionales, en lugar de meros estereotipos. En *El piloto*, el personaje basado en el héroe John Paul Jones de la Guerra de la Independencia lanza intrépidos ataques contra el enemigo inglés, mientras que en *The Red Rover* introduce al lector en un mundo de piratas y esclavos, en busca de la libertad de sus opresores ingleses. Ambas obras están repletas de lobos de mar y auténticas escenas náuticas (Cooper sirvió varios años en la Armada), pero las dos hablan de temas más generales como la raza, la libertad y la naturaleza de la guerra. Las seguirían otras nueve novelas náuticas.

> **“Una montaña se compone de diminutos granos de tierra. El océano está formado de minúsculas gotas de agua. Aun así, la vida no es más que una serie interminable de pequeños detalles, acciones, discursos y pensamientos. Y las consecuencias buenas o malas de incluso el más pequeño son de largo alcance.”**
>
> Swami Sivananda, maestro espiritual hindú (1887-1963)

AL PRINCIPIO

Cien años antes de JF Cooper y 200 años antes de CS Forester y Patrick O'Brian, estaba Tobias Smollett. Smollett, ex ayudante de cirujano en la Armada Británica, fue el primer escritor que describió ampliamente los barcos y el mar en sus novelas, aunque sería una exageración referirse a ellas como novelas náuticas. Se hizo famoso con *Las aventuras de Roderick Random* (1748), que relata la historia de un caballero escocés que empieza por prestar sus servicios en un buque corsario británico, antes de ser obligado a servir en la Armada Británica, y Smollett ofrece descripciones gráficas de ambas situaciones. También se ocupa de temas como la esclavitud, la homosexualidad, la prostitución, la clase social, la corrupción y la avaricia. La obra es una novela picaresca clásica, al estilo de *Tom Jones* de Henry Fielding, publicada un año más tarde.

ESPUMA Y AGUACAL

LAS TEMPESTADES EN EL MAR son difíciles de plasmar de forma convincente sobre un lienzo Turner decidió superar este problema enfrentándose a una tormenta amarrado al palo mayor de un barco. El resultado fue *Snow Storm,* que muestra un buque de vapor luchando en el vórtice de un tremendo temporal. Según el crítico de arte victoriano John Ruskin, Turner declaró acerca del cuadro: "No lo pinté para ser comprendido, pero deseaba mostrar cómo era la escena; indiqué a los marineros que me amarraran al palo mayor para observarlo; permanecí atado cuatro horas y no confiaba en salir con vida, pero me sentía obligado a plasmarlo si lo hacía". El cuadro era demasiado abstracto para el público de la época, que se quejó de no poder ver dónde empezaba o terminaba el muro del puerto y desechó los dramáticos remolinos del mar y la nube de "espuma y aguacal".

> **"Ante mí algo apareció, algo sombrío y ruidoso, que había surgido de todos lados al mismo tiempo y que parecía no tener fin, una expansión en movimiento que se precipitó sobre mí con un vértigo mortal [...] Arriba se extendía por completo un cielo de una sola pieza, de un color gris oscuro como un pesado manto, muy, muy lejos, en inconmensurables profundidades del horizonte, se vislumbraba un claro, una abertura entre el mar y el cielo, una larga grieta vacía, de luz amarilla pálida."**
>
> **Introducción a *Pescador de Islandia* de Pierre Loti, 1902**

> Un hombre que nace cae en un sueño
> como el hombre que cae al mar. Si procura escalar
> hasta el aire como lo intenta
> la gente que carece de experiencia, se ahoga.
>
> *Lord Jim* de Joseph Conrad, 1900

CONRAD EN EL MAR

Joseph Conrad es venerado como uno de los mejores escritores del mundo; pero previamente fue marino. A los 17 años, Józef Korzeniowsi abandonó su Cracovia natal y se embarcó en Marsella. Trabajó durante casi cuatro años en barcos franceses, incluido un posible transporte de armas a las Indias Occidentales que proporcionó el material para su novela *Nostromo.* En 1878 se trasladó a Inglaterra para evitar el reclutamiento militar y durante los 16 años siguientes navegó en barcos británicos. Su servicio a bordo del *Narcissus* en Bombay suministró las bases de *El negro del 'Narciso'*. Siguieron más aventuras, incluida una en la que Conrad asumió la comandancia después de que falleciera el capitán en alta mar y una fiebre acabara con casi toda la tripulación después de comprobar que el capitán había vendido la medicina necesaria para su curación. Conrad convirtió estas experiencias en narraciones náuticas clásicas como *Lord Jim* y *Tifón.* Pero tal vez la más impactante de todas ellas fue su viaje al Congo en 1889 que se convirtió en *El corazón de las tinieblas* y que casi destruyó a Conrad tanto física como emocionalmente.

Discos para una isla desierta de sir Francis Chichester

El Vals del Danubio Azul de Johann Strauss II
"Blue Room" de Bruce Trent
"Cantando bajo la lluvia" de Ukelele Ike y Cliff Edwards
"Dojoji" de Azuma Kabuki Musicians
Orfeo en el inframundo de Jacques Offenbach
El lago de los cisnes 2º Acto, de Pyotr Ilich Tchaikovsky
"Some Enchated Evening" de Ezio Pinza
Concierto para piano Nº 5 "Emperador"
de Ludwig van Beethoven

Sir Francis Chichester fue el primer navegante alrededor del mundo en solitario con una escala en 1967. Desert Island Discs, 23 de octubre 1961

ÍNDICE ONOMÁSTICO

ÍNDICE ONOMÁSTICO

ÍNDICE ONOMÁSTICO

Agradecimientos

El editor desea agradecer el permiso para reproducir las fotografías de este libro a:

Fotolia/ AlienCat 2 ai, 49ad; Fotolia/fireflamenco 3ci, 3bi, 60ci, 60bd; Fotolia/Nautilus Krokodilius 5bi, 45, 53bd; Fotolia/ vector_master 22ai; Fotolia/Santi 28cd; Fotolia/laralova 28ci; Fotolia/Erica Guilane Nachez 86b; Fotolia/Carsten Reisinger 50cd; Fotolia/msdesign 52ad; Fotolia/ Kirill Semenov 56bi; Fotolia/cocoapapa 66b; Fotolia/makar 70ci; istockphoto 6b, 55b

Biblioteca del Congreso, Washington DC 4-5f, 7f, 19f, 33f, 45f, 47f, 57f, 65f, 75f, 83f

Mary Evans/Interfoto/Sammlung Rauch 80ai

wiki 14f, 18f, 30, 46ad, 75, 82ai

(Abreviaturas: a = arriba, b = abajo, c = centro, d = derecha, l = izquierda, f = fondo)

Ilustraciones de John Woodcock e Ivan Hissey